KB050826

잇츠 마이 라이프 **12**

초판 1쇄 인쇄일 2022년 10월 07일 | **초판 1쇄 발행일** 2022년 10월 14일

지은이 초촌 | **펴낸이** 곽동현 | **담당편집 팀장** 이범수
편집부 정요한 조혜진

펴낸곳 (주)조은세상 | 출판등록 제2002-23호
주소 서울특별시 동작구 동작대로1길 27 5층
TEL 02)587-2966 | FAX 02)587-2922
E-mail bukdu@comics21c.co.kr

초촌ⓒ2022
ISBN 979-11-391-1030-2 | ISBN 979-11-391-0352-6(set)
값 9,000원

12

북두

초촌 현대판타지 장편소설

잇츠
IT'S MY LIFE
마이라이프

초촌 현대판타지 장편소설

MODOERN FANTASY STORY

CONTENTS

1집 0.

2집 20만.

3집 0.

4집 0.

5집 0.

6집 30만.

7집 200만.

8집 CD 800만, LP 200만.

총판매 CD 800만, LP 450만.

매출 1익 3백만 달러.

딸랑딸랑.

돈 들어오는 소리에 즐거운 나와는 달리 잘나가던 대한민국에 우환이 하나 생겼다.

느닷없는 휴거 열풍에 온 나라가 앓고 있었다.

노스트라다무스가 예언한 1999년 7월보다 7년 먼저 일어난다고 예고된 종말론이 그 주장이었는데 이를 설파한 다미선교회란 곳에서 말세가 되면 선택받은 자만 구름 속으로 끌려 올라간다며 해괴한 짓을 벌였다.

후유증이 상당했다.

멀쩡한 철도원이 전 가족을 데리고 잠적하는가 하면 종말론 교회에 나가지 못하게 하는 부모를 원망하며 음독자살한 여학생도 생겨났다. 구름 위로 들어 올려질 때 몸을 가볍게 하려고 낙태를 감행한 미친 것들도 있었다. 100kg 넘어가는 장정들은 그냥 죽어야 하나?

전 재산을 팔거나 재산의 태반을 매각해 교회에 바치고 10월 28일까지만 연명할 재산을 들고 기도에만 몰두하는 사람들이 한두 명이 아니고 전국적으로 수천 명에 달하자 정부도 더는 가만히 있을 수 없었다.

대검찰청이 산하 수사 기관에 지시, 진압에 나섰으나 신도들이 스스로 헌납했다고 주장해 대는 바람에 손도 못 썼다.

5공 시대였다면……

목숨을 걸고 잠입한 어떤 PD가 몰래카메라로 찍은 내

용…… 마귀를 쫓는다며 집사가 신도들을 개 패듯이 패는 광경을 확보해 경찰에 제출했음에도 신도들이 일치단결 집사는 마귀를 쫓은 것으로 우리를 도운 것이라 우겨 풀려났다.

웃긴 건 얻어맞은 여자가 가장 강성이었는데 그 여자는 결국 그 집사에게 맞아 죽는다. 휴거가 거짓임이 판명되고 얼마 후에.

결국 검찰이 내년 1993년에 만기 되는 환매조건부 채권(RP)을 교주가 구입한 걸 찾아내 구속했어도 휴거 열풍은 도통 멈추지를 않았다.

하긴 사이비가 언제 상식적이라서 사이비일까.

신도들은 더욱 애절해졌고 교주는 그런 신도들을 이용해 순교란 말을 부르짖었다.

그리고 예정된 10월 28일이 왔다.

하얀 옷을 차려입은 신도 8천 명이 한곳에 집결했다. 시민들도 무슨 일이 일어나는지 보려고 주변에 운집했다.

꾸르릉 쿵쿵.

하늘이 울렸다.

"어! 하늘이 왜 이래?"

"정말이네. 시커매."

"비다! 장대비가 쏟아진다."

"엄청 쏟아진다."

하늘이 검었다. 낮인지 저녁인지 분간이 안 갈 정도가 되었고 가을로서는 이례적으로 많은 비가 쏟아졌다.

11

농담 반 진담 반으로 정말 휴거 되는 거 아니냐며 마른 웃음을 짓는 사람도 많았는데 신도들은 환호했다.

그러고 끝.

"……."

"……."

"……."

"……."

"……."

"……."

"……."

"……헐."

세상이 이렇게 시끄러운 와중 뜬금없이 영국의 철스 왕세자 내외가 한국을 방문하였다.

청와대 초청이었다고 국가 간 우호 협력 관계가 어쩌고저쩌고 뉴스에서 떠드는데 들리지 않았다.

공식 석상임에도 내외가 벌써 등 돌리고 서 있다. 이미 돌이킬 수 없는 사이가 된 듯.

아이가 꽃다발을 주러 올 때만 미소를 보이는 그녀를 주시했다.

이 여인도 죽는다. 서른여섯의 꽃다운 나이에.

이혼하자마자 죽고 그녀가 몸담았던 왕실은 그녀의 장례식을 왕실장으로도 치르지 않으려 했다. 그 사실이 알려지며 국민 여론이 수백 년 만에 최악으로 치닫고 왕정 폐지 지지율이 사상 처음으로 50%에 육박하는 초유의 사태가 일어나고서야 영국 왕실은 한발 물러섰다.

그녀의 죽음에 대해서는 말도 많았다. 정보부 암살 의혹도 있고 누군가 사주했다는 얘기도 돌고 버킹엄 궁전 앞은 늘 추모의 꽃다발로 가득 찬다.

안타까운 일이었다.

왕실의 일원이지만 왕실로부터 거부당한…… 그러나 국민으로부터는 절대적 지지를 얻은 그녀가 갑자기 나를 만자고자 하였다. 장대운이 아닌 페이트를.

어쩌나?

오지랖이 막 나오려 한다.

휘트니 휴스턴 건에서도 부작용을 봤는데 자꾸만 기어 나오려 하네.

상대는 왕세자비였다.

혀를 잘못 놀렸다간 휘트니 휴스턴과는 비교도 할 수 없는 꼴을 당하게 될 텐데.

"어서 오세요."

"불러 주셔서 영광입니다."

철스 왕세자가 공식 행사에 참여하러 간 사이 가온의 소경 복궁에 자리 잡은 그녀와 만났다.

그녀는 조선 왕실의 예법을 무척이나 놀라워했고 뜰 안을 거닐며 소녀처럼 기뻐했다.

"예전부터 만나고 싶었어요. 페이트."

"그렇습니까?"

"천재 뮤지션이자 천재 사업가. 유럽을 휩쓰는 파워스도 당신이 고안한 거라죠? 페이트를 보고 싶은 사람은 아주 많답니다."

"사랑받는 건 언제나 기쁜 일이죠. 감사합니다."

"맞아요. 사랑받는 건 아주 기쁜 일이에요."

석촌 호숫가를 걸으며 담소를 나눴다.

정성스레 꾸민 정원을 보며 한국의 운치가 참 좋다 했다. 그런 그녀가 잠시 멈추고 이제는 무성하게 자랑 대숲 가까이로 가 푸른 잎사귀를 만졌다.

"무척 싱그럽네요. 날씨가 차가워지는데."

"특이한 녀석이죠. 모든 식물이 잎을 떨어뜨린 추운 겨울에도 푸르고 싱싱한 잎을 간직합니다. 이 녀석의 사시사철 푸르고 곧게 자라는 성질을 기려 동양에서는 지조와 절개의 상징으로 부르지요."

"bamboo가 그리도 환영받고 있었네요."

"어렵고 험난한 환경 속에서도 뜻을 굽히지 않고 꿋꿋하게, 아름답게, 우뚝 서 있는 성품을 높이 산 거죠. 한국의 옛 선비들은 이 녀석을 보며 스스로의 인격을 함양하고 마음가짐을 새롭게 하였다 합니다."

"그런 의미가 있는 줄 몰랐어요."

"다른 의견으로는 대장부의 기백이라고 불리기도 합니다. 의미도 좋죠. 불의나 부정과 일절 타협하지 않는 단호함에 빗대기도 하고요. 그래서 소경복궁을 둘러싸게 되었죠."

말을 하면서도 이 악물고 참았다.

오지랖은 안 된다고.

하지만……

간질간질.

자꾸만 느낌이 온다.

해야 한다고.

이것도 운명이라고.

그녀가 하필 대나무에서 멈췄고 푸른 잎사귀를 잡았다.

프라이빗한 공간감을 위해 하루빨리 벽을 두를 용도로 심은 대나무밭이 이런 일에 쓰일 줄은 몰랐지만, 이 또한 죽을 자를 살리라는 계시일지도 모르겠다.

그렇게 둑 터진 오지랖이 폭발했다.

"주제넘은 이야기를 해 드려도 될까요?"

"……?"

"인치 않으실 걸 알지만, 자꾸만 입에서 맴돕니다."

15

"……??"

"삶이 불행하시겠지만 두 아드님을 위해서라도 왕실에 붙어 있길 조언드립니다."

"……!"

"그래야 삽니다. 배부른 건달은 결코 변하지 않죠. 그렇기에 관점을 바꿔야 합니다. 더 이상 한 남자에 집중하지 마시고 국민과 아들들을 봐 주세요. 채워지지 않을 것에 대한 기대는 결국 스스로를 갉아먹으니까요. 포기하지 않으시면 5년도 넘기기 힘들 겁니다."

"페이트……."

"남편이 망나니짓을 벌이든 시댁의 싸늘한 시선이 아프든 또 의도적으로 따돌리든 마음을 굳건히 하시길 바랍니다. 겨울이 오든 말든 내 할 일 하는 이 대나무처럼 더욱더 공명정대한 길을 걸어가십시오. 그렇게 당신의 이름으로 왕실을 덮어 버리세요. 왕실의 권위조차 넘어서게 말이죠. 그게 바로 위대한 복수입니다."

"……."

각오하였다.

뾰족한 소리가 나오거나 무례하다 차갑게 돌아서도 할 수 없었다.

그리해야 마땅하건만…….

그녀는 저항하거나 반격하지 않고 가만히 나를 바라보았

고 또 한참이고 바라보기만 했다.

그리고 인정했다.

"확실히 다른 사람이네요. 페이트는."

"……."

"어찌 알았냐고는 묻지 않겠어요. 당신은 특별한 사람이니까."

"……."

"고마워요. 나에게 그런 말을 해 주는 사람은 처음이에요."

"주제넘었습니다."

"아니요. 나를 본 거잖아요. 내 지위와 내 외모를 보지 않고. 온전히 나만."

"……예, 맞습니다."

"페이트의 눈엔 나의 죽음이 보이는 건가요?"

"그렇습니다."

"그렇군요."

담담했다.

마치 그 사실을 알고 있었던 것마냥.

"그래요. 철스가 나를 왕세자비라는 자리에 앉혀 놓기 위한 적당한 인형이라 생각한 걸 안 순간 나는 죽었어요. 맞아요. 두 아들이 나를 지탱해 줬죠. 실로 위태위태한 길을 걸어왔어요."

"……."

"이번 한국 일정이 참으로 뜻깊네요. 오길 잘한 것 같아요. 뭔가 환기기 되는 기분이 들기도 하고요, 남편을 포기하라고요? 정말 듣기 좋은 얘기네요. 이제야 숨을 쉴 수 있을 것 같은 기분이 드네요. 페이트는 이런 내가 느껴지나요?"

"관점을 바꾸면 세상도 달라집니다."

"Change The World. 그렇군요. 페이트는 이 말이 하고 싶었군요. 환경에 갇힌 내 세상을 바꿔 잃어버린 행복을 찾아 주고 싶었어요."

"안타깝지만…… 그렇습니다."

"맞아요. 안타까운 삶이죠."

"……"

"고마워요. 페이트 덕에 새로운 걸 얻어 가네요. 하지만 아쉽게도 이 대화를 끝낼 시간이 왔어요."

어느새 석촌호수를 한 바퀴 다 돌았다. 모두가 기다리는 장소로 다가가고 있었다.

그녀는 조용한 눈인사로 나와의 시간을 마무리했고 나도 아무 일도 없었던 것처럼 일상으로 돌아갔다.

무언가 커다란 족적을 남긴 것 같은 영혼의 울림이 전해졌으나 그녀나 나나 애써 모른 척했다.

그렇게 그녀는 떠났고 나는 이곳에 있었다.

이럴 때 미국에서는 제42대 미국 대통령 선거가 열렸다.

빌 클린턴이 압도적인 차로 누르고 당선.

세계를 이끌 새 지도자의 탄생을 만방에 알렸다. 관영 매체들이 이 사실을 적극적으로 다루며 인간 빌 클린턴을 소개했다.

그에 비해 손색 있지만, 우리나라도 제14대 대통령 선거가 열렸다.

역사대로 김영산이 32년 만의 민간 출신 후보 당선이라는 타이틀로 청와대에 입성했다. 패배한 김대준은 의원직을 사임하고 정계 일선에서 은퇴하겠다고 선언한다. 때 되면 돌아올 걸 알기에 그리 실망스럽지는 않았다.

1992년이 막을 내리는 시점 나는 은밀하게 청와대의 초청을 받았다.

"왔나?"

"예."

"허허허허……."

날 두고 한참을 미소 짓는 노태운이었다.

이제는 다 내려놓은 듯 얼굴에 기운이 다 빠져 있었다.

"참으로 다사다난했다. 니 보기에도 안 그렇더나?"

"그렇죠. 격동기를 온몸으로 헤쳐 오셨는데."

"그렇나?"

"그 덕에 제 세대들이 덕을 보겠네요. 물론 다음 대 대통령이 더 잘해야 한다는 단서가 붙겠지만."

"와? 김영산이가 몬 할 것 같나?"

"고집이 세잖아요."

사고 공화국.

성수대교와 삼풍백화점은 내가 막았다지만 수백만 명이
피눈물을 흘린 IMF가 남았다.

"안 좋더나?"

"옳은 방향이면 추진력이 되겠지만 잘못된 방향이면 망국
으로 이끌겠죠. 그럴 소지가 다분한 분이시죠."

"진짜 좋지 않나 보네."

"……."

"가서 한마디 안 해 줘도 되나?"

"최측근의 말조차 안 들을 거예요. 건들면 싸우자는 것이
되고요."

"니 김영산이를 싫어하나?"

개인적으로 얽힌 일은 없지만, 백 번 다 잘해도 IMF는 용납
이 안 된다.

32년 만의 민간 출신 후보 당선이라면서 하는 짓은 군부
독재보다 더했으니까.

"임기가 끝나는 순간 그를 좋아할 사람은 거의 없을 거예요."

"허어……. 니한테 밉보이면 끝인데. 그래도 다행이네. 내
캉은 잘 지내서."

노태운은 적어도 대화가 된다.

장단점이 극명하게 갈리는 사람이라도 대화가 되면 이렇
게도 바뀔 수 있다.

"예, 저도 그렇게 생각해요."

"그래, 고맙다. 니 덕에 마무리를 잘 지을 수 있었다."

"아닙니다."

"오늘 니를 부른 건 쪼매 부탁할 게 있어서다."

"부탁……이요?"

"아새끼들 좀 거둬도고."

무슨 얘긴가 했다.

누굴 거두라니.

하지만 차근차근 꺼내는 노태운의 얘기를 듣고는 정신이 번쩍 들었다.

"그러니까 임기 초에 보안 사령관과 그 수족들을 미국에 보내셨다고요?"

"그래. 거 CIA랑 협조해서 훈련도 시켰다. 쓸 만할 끼다."

"그 사람들이 한국으로 들어온다고요?"

"그렇긴 한데. 마땅히 써묵을 데가 있어야지."

하며 내 눈치를 본다.

머리가 복잡하였다.

보안 사령부 출신에 CIA 교육까지 받은 사람들이라.

일당백의 용사임은 분명한데 뒷맛이 껄끄러웠다.

이 일을 김영산이 아는 순간 어떤 일이 벌어질까?

아니, 그보다 중요한 게 있었다.

"누가 관리하는 거예요?"

"니."

"저요?"

"니가 해야지. 니가 거두는데."

"제 말을 듣겠어요?"

"까라믄 까야지. 밥 주는 사람이 주인인데."

아니다. 안 된다.

탐나긴 하지만 여기에 말려들어선 꼴이 우습다.

"그러지 마시고 그냥 통째로 오시면 안 돼요?"

"으응?"

"조금 있으면 보통 사람으로 돌아오시잖아요. 집에서 뭐
하시려고요?"

"내보고 하라고?"

"예."

"안 된다. 내는 재판받아야 할 끼다."

"신 비서님이 있잖아요."

"왔다 갔다 시키라고?"

"신 비서님도 할 일이 있어야 마음이 편하죠. 소일거리 삼
아 하세요."

한숨을 내쉬는 노태운이었다.

"대운아."

"예."

"이거 진짜 큰 건이다."

"알아요. 하지만 제가 주인이 아니잖아요."

"니 준다 카니까."

"전 온전한 충성 아니면 안 받아요."

맞다. 이게 제일 위험했다.

정보 조직은 양날의 검.

내 것이라면 모를까. 현재로선 어느 것도 장담할 수 없었다.

"……."

"섭섭하세요?"

"아이다. 니 말이 옳겠지. 하긴 그 쉐끼들이 어떤 놈들인데 함부로 고개 숙이겠노."

"……."

"알았다. 당분간만 맡아 주께. 니가 차차 길들이라. 결국 돈 없으면 말짱 꽝 아이가."

"얼마나 돼요?"

"열 명."

"어떤 형식으로 한국에 있겠대요?"

"무역 회사 하나 차린다던데."

"무역 회사라."

적당하였다.

숨어 있기도 편하고 눈에도 잘 안 띄고.

"열 명 다요?"

"아니, 세 명만 근처에 있고 나머지는 전국으로 흩어질 끼다."

"메인 허브는 세 명한테 있고요?"

"그렇취."

"그럼 그 세 명이 있는 곳과 거래를 터 주면 나머지는 알아서 하겠네요."

"맞다."

"1년에 얼마면 유지될까요?"

"글쎄…… 그건 니가 매겨야 하는 거 아이가?"

"써 봤어야지 값을 매기죠."

"하긴. 그럼 먼저 실력을 보이라 카께. 그다음에 천천히 손보자. 됐나?"

"그렇게만 해 주시면 전 불만 없어요."

"알았다. 더 늦기 전에 귀국시킬게."

"저도 준비해 놓을게요. 회사 차리면 알려 주세요."

"알았다. 기다리라. 며칠 안에 찾아갈 끼다."

돌아가자마자 정홍식에게 전화 걸어 자초지종을 설명했다. 이런 일이 생길 것 같다고.

모두 들은 정홍식은 내게 이렇게 말했다.

눈속임하고자 한다면 사실 일은 간단하다고. 페이퍼컴퍼니 만들어서 가짜로 수출입 대장 만들어 숨어 지내면 된다고.

그러나 지속적으로 관계를 형성한다고 봤을 때는 정석으로 가는 게 차라리 훨씬 수월하다고 했다. 그래야 나중에 문제가 생기더라도 피할 구석이 있다며.

가만히 생각해 보니 그 말도 옳아 서로 고민해 보는 시간을 가지자 하였다.

그러니까 무엇을 수출 품목으로 잡아야 그럴듯해 보이면서도 안정적인 무역 회사를 차릴까?

"……."

생각하다 보니 그것보다 더 큰 고민도 생겼다.

이걸 대체 어디까지 오픈해야 할까?

정보 조직의 성격상 대낮보단 한밤중이 더 어울렸고 합법보단 불법이 몸에 맞았다. 더러운 꼴도 많이 봐야 하고.

슬쩍 사무실에서 나와 티격태격 열심히 일하는 도종민과 정은희를 보았다.

저기 어디에 불법과 음모가 도사릴까.

'안 되겠다. 이건 정 대표와 나만 알아야지.'

상의해서도 안 되겠다.

아예 모르는 것이 이 사람들에게도 좋을 것이다.

그렇게 결심을 굳히는데.

"이건 그냥 새걸 사면 안 돼?"

"왜요? 조금 기스 났다고 가격이 반값이에요. 멀쩡한 것이 반값에 돌아다니는데 뭣 하러 새걸 사요."

"그냥 새것 사자."

"안 돼요."

"아, 왜? 나는 누구 손 탄 건 좀 그렇더라고. 돈이 없는 것도 아니고 새깃 좀 사자는데 왜 그래?"

"깨끗이 닦아 쓰면 돼요. 아껴야죠. 이게 우리 돈이에요? 설사 우리 돈이라도 아껴야죠. 제가 저번에 그랬죠? 나가실 땐 형광등 불 끄시라고요. 돈이 줄줄 새잖아요."

"지금 불 끄는 게 왜 나와. 하아……."

아웅다웅.

괜스레 기분이 흐뭇해졌다. 저 두 사람이 꽉 잡고 있기에 우리 오필승이 탄탄하니까.

"그러지 마시고 제 얘기 좀 들어 보세요. 가구는 물론 뒤져 보면 입지도 않고 버린 옷도 천지예요. 그릇도 넘치고 가전제품도 많고 잘만 고르면 횡재한다고요."

"나는 중고 물품은 싫다고. 새것 사자는데 왜 이렇게 청승이야."

두 사람은 실랑이를 멈출 기색이 없지만.

'아……'

나는 벼락이 치듯 어떤 깨달음을 얻었다.

중고였다.

중고 물품.

언젠가 본 적 있었다.

유행이 지나거나 싫증이 나 버려지던 옷들…… 가정집을 방문해 저렴한 가격으로 헌 옷을 수거해 수출하는 전문 업체들이 많다는 걸.

TV 정보 프로그램에서도 방영했다.

옷의 종류에 상관없이 kg당 500원, 1000원씩 쳐준다. 주부들 입장에선 헌 옷 처리에 비용을 들이지 않고 동시에 돈까지 받으니 누이 좋고 매부 좋고 실속 만점.

내가 TV로 봤을 시점은 2010년 즈음이긴 한데.

그만한 물량이 나올 때가 아니긴 하나 그게 중요한 게 아니었다.

무역이 된다는 것.

수집된 중고 의류가 동남아 국가로 수출된다는 것.

그때 하루 분류량만 300톤이 넘는다고 했다.

외화벌이를 톡톡히 해 주는 효자 상품으로.

우수한 품질과 저렴한 가격 때문에 동남아 지역에서 인기라고.

'게다가 중고차!'

들여다보지도 않던 중고차 시장이 세계 131개국으로 수출, 연간 2조 원을 벌어들인다고 했다.

인천의 중고차 수출 단지에는 요르단, 리비아에서 온 중고차 전문 수입상들이 진을 치고 산다고.

'일단 뚫어 놓기만 한다면 누구도 손 못 대겠어.'

이걸 우리가 시작하는 것이다.

속으로 쾌재를 불렀다.

정홍식과 통화하며 생각을 밝히니 그도 흔쾌히 동의했다.

무릇지기 이런 일이란 평범한 사람은 모르는 게 약이고 아

27

는 사람이 적을수록 효과가 극대화된다는 걸 그도 잘 알았고 적극적으로 동참하기로 했다.

"이제 됐어."

품목도 좋고 다 마음에 든다.

중간 기착지 겸해서 따로 어떤 나라가 좋은지 알아봤고 인도네시아와 필리핀이 적합하다 판정 내렸다.

그즈음, 은밀하게 연락이 왔다.

백은호와 함께 나갔더니 각진 얼굴에 다부진 몸, 강렬한 인상의 남자가 뒤에 두 명을 이끌고 나타났다.

"임정도입니다."

"장대운이에요."

"세계적으로 유명한 분을 뵙게 되어 영광입니다."

정중하게 인사한다.

"감사해요. 열심히 공부하고 오셨다고요?"

"그렇습니다. 1988년 각하의 명에 따라 예편하고 미국으로 가서 이제야 돌아왔습니다."

"고생하셨어요. 오랜만에 돌아오셨는데 회포는 푸셨나요?"

"조금씩 했습니다."

간단한 인사와 함께 탐색하는 시간을 가졌다.

저쪽은 어떤 느낌을 받았는지 모르겠지만, 확실히 전 보안사령관답게 만만찮은 상대라는 게 피부로 와닿았다. 내가 가진 정보의 우위를 옳게 펼칠 수 있을지 걱정될 정도로 임정도란 남자는 견고했다.

"저도 얼마 전에 들었어요. 이 일이 어떻게 진행됐는지."

"그러시군요. 사실 저희도 그렇습니다. 고국으로 돌아올 날만 기다리고 있었는데 다른 곳으로 소속을 옮기라는 통보를 받았습니다."

"혼란스러우셨겠네요."

"죄송하지만. 그래서 조사를 좀 했습니다."

"그러시군요. 쓸 만해 보였나요?"

"입지전적인 분이시더군요. 더 놀라운 건 앞으로가 더욱 기대된다는 것이죠."

"……."

"이미 이 땅에서는 겨룰 자가 없다는 것 정도는 알고 왔습니다."

"대통령님도 그 사실을 알고 계시나요?"

"그렇습니다."

"……."

그렇군.

앞으로도 정보는 서로 공유한다고 보는 게 맞겠다.

"그러다 며칠 전에 다시 통보받았습니다. 현 체제를 유지한다고요. 그렇게 요청하셨다고요."

"맞아요. 여러분들에 대한 확신이 없어서요."

"옳은 판단이십니다. 그래서 준비했는데. 이것을 받아 주십시오."

노란 봉투를 넘긴다.

뭐냐고 쳐다보니.

"저희 목숨줄입니다."

"......?"

"저희 값어치에 도움이 될까 해서 마련했습니다. 전심을 다해 정성을 보이라는 각하의 명령도 있었고요."

뜯어보니 신상명세서였다.

열 명에 대한 전부.

가족은 물론 친구 누구를 사귀었는지까지 싹 다 적혀 있었다. 미국에서 뭘 배웠고 무엇이 특기이고 어떤 작전을 해 봤고 현재 어디로 침투할 계획인지.

정보 요원이라면 목숨줄이 맞다.

"즉시 파기해야 할 물품이네요."

"그러십니까?"

만난 이래 처음으로 놀란 빛을 띤다.

"믿지 않을 거면 쓰지 않는 게 제 주의거든요."

"......."

"그리고 여기에서 보이는 건 온통 곤궁함뿐이네요."

"......그새 다 보셨습니까?"

"모름지기 일꾼이 배가 불러야 뭐라도 하겠죠?"

"......그렇습니다."

말을 멈추고 분부를 기다리는 자세를 취한다.

나도 개의치 않고 내질렀다.

"편의상 팀이라 부를게요. 팀원은 연봉 1억, 팀장님은 연봉 3억."

"……!!!"

"활동비는 우선 연간 50억으로 책정할게요."

"아……."

"선지급으로 갈 거예요. 일단 이것으로 기반을 잡아 보세요."

결정된 이상 질질 끌 필요는 없었다.

노태운의 말도 있고 속행하는 게 서로에게 좋을 듯.

오래된 약속이기도 했다.

자의든 타의든 노태운이 나와의 약속을 성실히 이행했으니 나도 그의 노후를 책임진다.

군식구 몇 더 늘어나는 것 정도는 따질 계제가 아니었고 하나하나 까다롭게 구는 건 노태운과의 관계에도 좋지 않았다. 의심을 떠나 내가 용납 못 한다.

어쨌든 이들은 노태운의 한마디에 전도유망한 자리를 내던지고 나간 사람들이 아닌가. 그 선택이 옳았다는 건 김영산이 보여 줄 것이나 그 전에 나도 뭔가 보여 줄 의무가 있었다.

적어도 오늘만큼은 몇십억 정도 던져도 눈 하나 깜짝 안 할 사람이라는 걸 말이다.

'일 하나는 잘하겠네.'

믿음이 갔다.

나도 향후 너희들이 어떻게 일을 하게 될 건지에 대한 계획서를 툭 던져 주고 나왔다.

이것으로 만남은 끝.

일주일 후 청운 무역이 설립됐다.

인천의 북항에 자리를 텄다는 소식이 귀로 들어왔고 두 명은 인도네시아와 필리핀으로 나갔고 청운 무역엔 임정도와 두 명이 상시 포진, 나머지 다섯 명은 대전, 광주, 부산, 대구, 울산으로 흩어졌다고.

이렇게 북적이는 동안 1993년 1월 1일이 밝았다.

노태운은 신년사에서 '국민 대화합'을 선포하며 새 정부 건설에 동참할 것을 당부하였다. 김영산 대통령 당선자도 같은 자리에서 '신한국 창조'를 강조하였다.

두 사람이 손잡고 만세를 부르는 장면이 TV를 타고 생중계로 송출됐다.

대한민국의 지난 5년을 밝혔던 해가 지고 새로운 해가 떠오르고 있음을 모두가 보는 앞에서 보여줬다.

이 또한 섭리일 것이다.

다른 소식도 있었다.

작년 10월부터 마케팅에 들어간 워너브라더스와 디즈니가 페이트를 앞세우며 엄청난 물량 공세에 들어갔고 덩달아 판매 '0'으로 떨어졌던 페이트 앨범에도 변화가 생겼다.

1집 30만.

2집 10만.

3집 0.

4집 50만.

5집 0.

6집 20만.

7집 200만.

8집 CD 500만 LP 100만.

총판매 CD 500만 LP 410만.

매출 7천 3백만 달러.

1988년 미국과 세계에 진입한 이래 처음으로 1억 달러 밑으로 매출이 떨어졌긴 하나 선방했다.

"뭐가 왔다고요?"

"백악관에서 초청장이 왔습니다."

1월 20일 제42대 미국 대통령 취임식에 오라는 초청장이다.

빌 클린턴이 나를 잊지 않았다는 것.

그를 촉발한 트리거이기도 했으니 상징적으로도 내가 곁에 있는 게 모양새가 좋긴 했다. 나에게도 도움이 된다. 나의 정치적 영향력이 어느 정도인지 다시 확인할 기회였으니.

흔쾌히 응했고 오산 공군기지를 통해 날아갔다. 25일이 아메리칸 뮤직 어워드 날짜라 기간도 좋았다.

백악관의 귀빈으로 그의 취임사를 직관했고 이때 힐러리

와도 처음 안면을 텄다. 야망녀답게 날 보는 눈길이 예사롭지
않았는데.

어떻게 할까?

트럼프를 이기게 해 줄까?

당연히 지금의 그녀로서는 나를 독차지하는 건 불가능했다.

나는 이미 미국 대통령 선거에 영향을 줄 정도였고 나와 줄
을 대려는 사람은·널리고 널렸다. 나는 클린턴과 다니며 1기
행정부 수반들과 눈을 맞췄고 그들 뒤에 서 있는 자본가와도
인사를 나눴다.

이후 환대를 받으며 아메리칸 뮤직 어워드에 참여했고 많
은 이들이 반기는 가운데 겸손하게 상 두 개를 받고 무대에서
내려왔다.

"시끄럽네요."

"획기적이지 않습니까?"

눈코 뜰 새 없이 바쁜 일정을 마치고 한국으로 돌아왔더니
김영산이 새 정부 출범 후 장·차관급 이상 고위 공직자들의
재산을 공개한다고 하여 언론이 떠들썩하였다.

나로선 슬슬 징조를 보이는 모양새나 국민으로선 환대할
일이었다.

패배한 정주연은 야당의 의원 총회에서 대표 최고 위원직
사퇴서를 내고 정계 은퇴 의사를 밝혔고 암담한 앞날을 예견
한다는 듯 음울한 표정을 감추지 않았다. 실제로 김영산의 보

복은 집요했고 현도그룹은 김영산 시절에 망조가 든다.

다음 일정은 반포 중학교 졸업식 참가였다.

말도 많고 탈도 많았던 나의 중학교 생활이 이렇게 끝났다.

시원섭섭이라고 해야 하나?

본래대로라면 미국에 체류했어야 할 내가 아메리칸 뮤직 어워드만 참여하고 급히 돌아온 이유가 바로 졸업식 때문이라는 걸 사람들은 모를 것이다. 우리 할머니들 졸업 사진 찍게 해 주려고 말이다.

내가 배정받은 고등학교는 반포 중학교에서 길만 건너면 있는 세화 고등학교였다. 세화여자고등학교와 운동장을 같이 쓰는 학교. 반 남녀공학 학교.

본래는 세화여고뿐이었는데 중간에 남고가 끼어들어 교세가 커졌다고. 한태국 말로는 최연주가 제일 좋아했다고 한다. 이제 대놓고 볼 수 있겠다고 말이다.

뭐래.

2월 22일이 되자 나는 예정대로 24일 열리는 그래미 어워드 참가를 위해 미국행에 올랐다.

이도 짧은 여정으로 다녀와야 했다. 반포 중학교 입학식은 미국 명예시민이 되느라 참여 못 했으니 이번만큼은 입학식에 가야겠다.

"예? 뭐라고요?"

"초청장이 왔습니다."

무슨 초청장이 이리도 자주 오는지.

슈라인 오디토리엄이 위치한 LA에 막 도착했을 때 디즈니의 앤드류 총지배인이 호텔로 찾아왔다.

한국에 연락했더니 LA로 출발했다고 해서 직접 왔다고.

"작년 11월 개봉 아니었어요?"

"맞습니다."

"근데 최종 후보에 올랐다고요?"

"아아, 아카데미의 시스템에 대해 잘 모르시는군요."

"그렇죠. 저야 관심 둘 일이 없으니."

"92년에 개봉한 영화라면 어느 영화라도 후보에 들어갈 자격이 있습니다. 흥행만 본다면 박스오피스가 선정의 기준이 되겠지만, 영화인들의 자존심은 그것만으로는 충족이 안 되겠죠."

괜찮은 영화한테 괜찮은 상을 준다는 말을 어렵게도 한다.

"그……렇군요."

"재밌는 건 보디가드와 우리 알라딘이 똑같이 주제가상 후보에 올랐다는 겁니다."

"그래요?"

"누굴 응원하실지 묻는다면 실례일까요?"

노인네가 음흉하다.

한 대 때리면 또 입방아에 오르겠지?

어쨌든 3월 29일에 열린다고 하였다. 그때 꼭 디즈니 측으로 참석해 달라고.

주제가상만 노미네이트된 보디가드와는 달리 알라딘은 음악상, 주제가상, 음향 편집상, 음향 믹싱상까지 이쪽 계통으로 받은 수 있는 모든 부문에서 노미네이트되었다고.

이것도 대박인가?

아니나 다를까.

워너브라더스에서도 앨버트 제작 총괄이 저녁에 나타났다.

용건을 시작하려는 그에게 앤드류 노인네가 이미 다녀갔다 알려 주니 입을 꾹.

어느 쪽으로 참가하셔도 괜찮다는 말만 남기고 사라졌다.

어쩔까나?

한번 어울려 줘?

잔치라고 표현하는 게 맞는지 몰라도 24일에 열린 그래미 어워드는 에릭 클랩튼이 주인공이었다.

1992년 발매된 라이브 앨범 Unplugged가 2,500만 장 이상의 판매고(販賣高)를 기록, 그를 최고 가수의 반열로 올렸다.

그러나 영광만이 가득한 시상식은 절대 아니었다. 그에게 닥친 비극에 대해서는 웬만한 사람이면 다 알았고…… 1991년 3월, 4살 된 아들이 아빠가 오기를 기다리다 아파트 베란다에서 추락, 에릭 클랩튼은 금지옥엽보다 귀한 아들을 잃었고 또 그 일이 있기 7개월 전엔 공연을 담당하던 두 명의 매니저와 동료 기타리스트 스티비 레이 본을 헬리콥터 추락 사고로 잃었다. 공교롭게도 그 헬리콥터는 에릭 클랩튼이 타려다 양보한 것이란다.

When it rains, it pours.

고통이 올 땐 소나기처럼 몰려온다는 말이 괜한 게 아니었다.

두 번의 사고로 소중한 이를 잃은 에릭 클랩튼은 연약한 영혼의 소유자답게 무너질 뻔했으나 아들을 기억하며 그 아들을 보며 했던 말을 되뇌며 스스로를 추슬렀다.

'아이가 태어났을 때 난 술주정뱅이였다.'

'그 아이를 너무 사랑했기에 자발적으로 치료소에 들어갔다.'

'어린아이였지만 나에 관해 모든 걸 알고 있는 듯했다'

죽은 아들에게 부끄러운 아빠가 될 수 없었고 지푸라기라도 잡는 심정으로 작곡가 윌 제닝스와 함께 1991년 개봉한 영화 Rush의 OST 작업에 몰두하며 슬픔을 이겨 냈다고.

Tears in heaven은 Rush의 OST 작업 후반, 아들에게 헌정할 곡을 하나 만들고 싶다는 마음에 윌 제닝스와 함께 만든 곡이었다.

아들을 향한 간절한 그리움과 자식 앞에서 부끄럽지 않은 삶을 살겠다는 아비의 의지를 담은 명곡.

이는 곧 세계인의 마음을 움직였고 그의 수상에 대해서는 누구도 이의를 달지 않았다.

Song of the Year, Record of the Year, Album of the Year 제너럴 필드 전년도 수상자인 나는 그 때문에 매번 시상대에 올라 그와 마주쳐야 했다.

참으로 안된 일이지만.

개인적으로 나는 그를 반기지 않았다.

음악적 역량에 있어서야 이견이 없을 정도의 전설급 인물이라 또 추앙받을 자격이 분명함에도 그랬다.

적어도 내 기준엔 비판받아 마땅한 사람이었으니…… 당연히 알콜 중독이나 약물 중독 따위로 문제 삼는 건 아니었다.

-오늘 밤에 모이신 청중 중에 외국인이 있습니까? 만약 있다면 손 들어 주세요……. 어디 계시든 간에, 그냥 여기서 떠나 주시죠. 콘서트장만이 아니라, 우리나라에서도 떠나 주시죠……. 외국인을 쫓아냅시다. 유색 인종을 쫓아냅시다. 깜둥이들을 쫓아냅시다. 영국을 계속 하얗게……. 검은 유색인종 깜둥이들과 아랍인과 망할 자메이칸은 여기에 속하지 않습니다. 여기는 영국입니다, 백인의 나라입니다. 우리는 유색 인종과 검둥이들이 여기에 사는 것을 원하지 않습니다. 영국은 백인을 위한 나라입니다. 나 참……. 여기는 대영제국입니다, 백인의 나라인데, 도대체 우리에게 무슨 일이 일어나는 겁니까?

공개 석상, 콘서트장에서 이딴 소리를 해 대던 사람이다.

늙어 다소 수그러졌다 해도 성향이 바뀔 리 없었고 이런 사람에게 상을 전달해 줘야 하는 내가 싫었지만 그렇기에 또 악마의 재능이라고 불리는 것이 아니겠나.

역사의식도 없고 죄의식도 없고 극우 성향에 근시안적이면서도 시대착오적인 인종 차별주의자라도 음악 하나는 진짜니까.

숨어서 드러나진 않았지만, 꽤 많은 수의 숨은 백인이 에릭 클랜튼의 생각에 동의하고 있음을 나는 잘 알고 있었다.

백인과 유색 인종이 언제부터 겸상했으며…… 실제로 미국은 군대도 백인과 유색 인종을 따로 분리해 운영했다. 나라를 위하는 데도 차별을 뒀고 백인과 유색 인종 부대가 합쳐진 건 200년 역사 속에서도 한국 전쟁 때가 처음이었다.

겨우 40년밖에 안 지난 것.

당연히 인종 차별 해소는 아직도 먼 얘기다.

적어도 몇 세대는 더 지나야 부드러운 곡선이 나오지 않을까. 2020년에도 여전히 인종 차별이 끊이지 않는 이유는 그리 멀지 않은 곳에 있으니까.

'…….'

하지만 나는 이 순간을 헛되게 보내지 않을 생각이다.

교회를 세운 사도 베드로도 예수님을 인정할 기회가 세 번이나 있었고 또 모두 부정했음에도 용서받았다. 기독교 가장 위대한 사도라 불리는 바울도 처음엔 크리스천을 극렬하게 때려죽이던 사람이었다. 유대교 근본주의자.

에릭 클랜튼을 봤다.

"축하해요."

"감사합니다. 페이트."

일상적인 축하를 가장해 가까이 다가갔다.

"느껴지시나요?"

"예?"

"아버지를 자랑스러워하고 있네요."

"……예?"

"당신 주위로 밝은 빛이 서려 있네요. 무척 따뜻하고 행복한 빛이에요. 기뻐하는군요. 자신으로 인해 아버지가 영광을 받는다는 걸."

"……!"

진짜로 그런 건지 주변을 둘러보는 에릭 클랜튼이었다.

그의 어깨를 감쌌다.

나를 본다.

"부디 아버지가 자기처럼 기뻐하길 바라네요. 자신을 사랑해 준 것처럼 주변도 사랑하고 아껴 주길 원하네요. 걱정하지도 슬퍼하지도 말라고 하네요. 의심하지도 말라네요. 멀리 있다 낙심하지도 말라네요. 애써 강해질 필요도 없다고요. gift. 천국은 오로지 그분에 의해 선물로 주어지는 것이라고요."

"어, 어떻게……."

혼란스러워하는 그에게 방법을 일러 줬다.

"아드님을 품에 안았던 기쁨을 기억하세요. 그때 받았던 충만함으로 그분이 사랑하는 자들의 눈물을 닦아 주세요. 그곳에 바로 천국이 있어요. 아드님이 기다리고 있을 거예요."

"아아……."

눈물을 주르륵주르륵 흘리는 그를 두고 돌아섰다.

뒤로 환호가 터져 나왔으나 돌아보지 않았다.

호스트의 질문에도 관객의 환성에도 에릭 클랜튼은 계속 눈물만 흘렸다. 그저 허공을 살피며 마치 누군가를 바라보듯 그렇게 아주 오랫동안 그리워하며.

Chapter 89

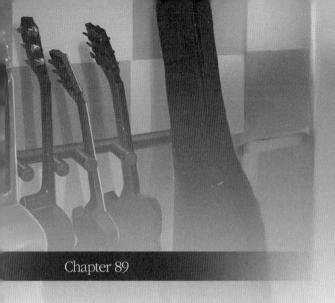

나도 수많은 인터뷰 요청을 뒤로하고 곧장 한국으로 돌아
왔다.

딱히 할 말이 없었고 입학 준비도 해야 해서 서두른 것뿐인데.

이 일로 또 말들이 참 많았다.

88년부터 참가한 그래미 어워드에서 무관은 처음이라.

돌아서는 내 얼굴을 클로즈업한 사진을 1면에 실으며 페이
트가 그래미에 실망감을 드러낸 게 아니냐며 까 대기 시작하더
니 아무런 말도 없이 공항으로 직진, 한국으로 돌아가는 나를
보며 드디어 본색을 드러낸 거라 말하는 사람들도 생겼다. 우
리는 페이트의 가짜 웃음에 속아 왔다고 신나서 떠들어 댔다.

내가 한 해 수상을 쉰 게 뭐가 그리 대단한 일이라고 대서특필들을 하는지.

무표정으로 나오던 장면이 복사에 복사, 온 천지에 도배되며 나에 대한 악질적 기사를 쏟아 냈다.

어느새 순수를 잃어버린 페이트라고.

천재 작곡가의 몰락이라고.

어떤 자는 민들레마저 페이트를 외면했다고까지 떠벌리며 관심을 모으려 했다.

"개소리가 왜 이렇게 오래가는 거야?"

한 이틀 떠들다 말 거라 생각했던 것과 달리 고등학교 입학식 때까지도 나불댔다.

이쯤 되니 나도 슬슬 난감해지기 시작했다.

"누가 조작하나?"

의심이 들었다.

페이트의 그래미 수상 무산이 일주일 넘게 떠들 일이었나?

더구나 92년도엔 음반을 내지도 않았다.

공화당인가?

"나한테 불만이 많았던 모양이야."

"뭘 그렇게 혼자 중얼거리냐?"

"자꾸 찌르잖아."

"무시해. 내가 겪어 봐서 아는데 언론이라고 말하는 것들 다 미친 것들뿐이야. 휘둘리면 안 돼."

한태국이었다.

이 자식도 같은 고등학교에 진학해서 또 같은 반이 됐다.

어지간히도 질긴 놈.

"잘 아네."

"잘 알지. 그 쉐끼들이 우리 엄마, 아빠한테 하는 걸 다 봤는데. 아예 상종도 못 할 놈들이야."

"바보야. 도움도 받았잖아."

"도움을 받았다고?"

"중학교 때 일이 세상에 알려진 게 누구 때문이라고 생각해? 나우현 기자 생각 안 나?"

"그야……. 그런가?"

"잘만 하면 이렇게 또 좋은 수단이 없어. 언론이라는 게."

"그런가?"

이틀이 지나지 않아 상황은 완전히 반전됐다.

에릭 클랜튼이 전면으로 나서며 자신은 페이트로 인해 구원을 찾았다며 비로소 자신도 천국을 찾았다고 이제야 겨우 그분에 대한 의심을 지웠다고 날 위해 대신 싸웠다.

헌 그래미 수상자가 필사적으로 페이트를 싸고돌자 사람들은 의아해했고 너무나 궁금해했다. 도대체 그날 시상대에서 무슨 일이 있었는지.

이에 대해 에릭 클랜튼은 이렇게 말했다.

-페이트는 그날 아들이 내 곁에 있음을 알려 줬다. 나는 여태 잃은 것만 보았는데 그는 얻은 것을 일깨워 주었다. 어떻게 살아야 하는지 갈피를 잡지 못한 나에게 길을 제시해 주었다. 그곳에서 나는 천국을 보았다. 나도 구원받았다.

에릭 클랩튼의 확신이 TV를 타고 세계로 퍼져 나갔다.

그날부로 모든 언론이 나를 까는 기조를 버리고 나를 찬양하는 논조로 바꾸었다.

A Great Change!

위대한 변화라고 적힌 헤드라인이 대문짝만하게 실려 한동안 방송으로 지면으로 떠돌았다.

그 때문인지 페이트는 전 세계인 중 가장 만나 보고 싶은 인물 1위로 뽑혔으며 여름에 함께 휴가 가고픈 남자 1위로도 뽑혔다.

다들 3초 기억력인가?

이게 언론식 사과라는 것인가?

내가 너희들에게 뭘 바랄까.

"넌 얼마나 좋으냐."

"뭐가."

"세계인 중 가장 만나 보고 싶은 인물 1위의 남자와 매일 붙어 있잖아. 짝꿍으로. 난 여성들에게 여름휴가 같이 가고픈 남자 세계 1위라고."

"지랄."

한태국에겐 통하지 않았지만 어쨌든 나를 제일 기쁘게 한 건 달라진 에릭 클랩튼의 행보였다.

기타 하나만 들고 홀홀 떠나 버린 것.

방랑 시인처럼, 바람 따라 나도는 음유시인처럼 고통받고 눈물 흘리는 곳에는 언제든 그가 나타났다.

그는 그들을 보호하기 위해 자기의 영향력을 사용했고 그들을 위로하기 위해 음악을 하였다. 벌어들이는 막대한 재산을 베풀었다.

너무나 멋진 변신이라.

나도 기꺼이 동참해 지원해 주었다.

장르가 갑자기 진하디진한 브로맨스처럼 바뀌었다지만 이런 식이라면 얼마든지 환영이다.

돈 문제도 걱정하지 말아라.

정홍식에게 전화해 DG 인베스트의 자금 중 과감히 1억 달러를 뚝 떼어 In Heaven이라는 자선 단체를 건립, 에릭 클랜튼을 도우라 했다.

덕분에 실무를 담당한 정홍식은 또 홍역을 치렀다.

"어디 학원이라도 다니십니까? 이젠 하다 하다 자선 단체로 일을 시킬 줄은 몰랐습니다."

"……좋은 일이잖아요."

"준비 기간도 없이 그냥 시킨 거지 않습니까? 건물도 필요

하고 인력도 구해야 하고 법령도 살펴야 하고 할 일이 태산입
니다."

"대신 저와 아카데미 시상식을 가시는 건 어때요?"

"예? 그거야 뭐……."

그런 것도 보상이라고 내놓냐는 눈빛이다.

"하아…… 자그마치 1억 달러입니다. 이만한 기금을 운용
하려면 또 안정화시키려면 할 일이 얼마나 많은지 아십니까?
얼마 많은 것들을 돌아봐야 하는지 아십니까?"

"알죠."

"알아요?"

"예."

아는 사람이 그러냐고?

눈빛으로 때린다.

"죄송해요."

"……."

사과하니 조금은 기세가 수그러들었다. 서둘러 달랬다.

"대표님밖에 없잖아요. 언론이 저를 어떻게 욕했는지 보셨잖
아요. 에릭이 아니었다면 지금까지도 욕먹고 있었을 거예요."

"그건……."

"도와주세요."

"……."

"예? 대표님~~~."

팔을 잡고 매달리고 나서야 할 수 없다는 표정이 나왔다.

휴우…….

"으음, 뭐 메간이 이런 일에 관심을 보여 다행이긴 한데. 알겠습니다. 뭐 우리도 사회적으로 무언가 보답할 때가 되긴 했죠."

"감사합니다."

"그래도 다음부터는 미리 말씀부터 해 주십시오. 자선 단체일수록 투명하고 명료한 일 처리가 생명입니다."

"알았어요. 이번엔 상황이 좀 안 좋았어요. 다음부턴 꼭 말씀드리고 움직일게요."

"알겠습니다."

한고비 넘긴 나는 정홍식의 마음을 풀어 주기 위해서라도 하루를 온전히 그와 보내야 했고 다음 날에야 LA 도로시 챈들러 파빌리온으로 갔다.

27m 높이의 기둥, 유리와 돌로 이루어진 환상적인 외관의 건물 주위는 이미 사람들로 인산인해였다.

안내 방송이 들리지 않을 정도로 설레하였고 손에 든 사진기를 신주단지 모시듯 품었다.

비록 초대받은 자들만의 향연이었으나 팬들은 전혀 개의치 않았다. 자기만의 아이돌에게 환호하기를 즐겼고 나는 보디가드 팀의 아쉬운 눈길을 외면한 채 25번째 순서로 알라딘 팀과 함께 입장했다.

이런 입장이 이례적이란 말도 들었다. 음악 감독이 배우와 함께 레드카펫을 걷는 건.

그러든 말든 팬들의 인사에 답례하며 식장에 입성.

3,000석이 가득 찬 도로시 챈들러 파빌리온이라.

엄청난 환호와 함께 그래미 어워드와 같은 공연이 이어졌고 '해리가 샐리를 만났을 때'의 배우 빌리 크리스탈이 호스트를 맡아 매끄러운 말솜씨로 포문을 열었다.

알라딘은 네 개 부문에서 노미네이트되었다.

음악상, 주제가상, 음향 편집상, 음향 믹싱상.

음향 편집상은 아쉽게도 게리 올드만, 위노나 라이더, 안소니 홉킨스, 키아누 리브스, 모니카 벨루치가 출연한 드라큐라가 탔다.

음향 믹싱상도 다니엘 데이 루이스, 매들린 스토우가 열연한 라스트 모히칸이 탔다.

주제가상은 재미있게도 보디가드와 알라딘이 경합하다 알라딘의 이름이 불렸다.

음악상도 원초적 본능, 채플린, 하워즈 엔드, 흐르는 강물처럼을 제치고 알라딘이 올라갔다.

그래미로 유명한 페이트가 두 번이나 아카데미 시상식에 올라가 수상한 사실이 또 나를 잡기 위해 삼고초려한 앤드류 총지배인의 이름이 함께 널리 알려졌다.

다음 날로 이런 기사가 떴다.

【페이트 그래미를 버리다?】

【그래미는 더 이상 페이트의 흥미를 끌지 못하는가?】

【페이트, 오스카마저 지배하다. 그의 한계는 어디까지인가?】

【페이트 논란의 종지부. 그는 진정 음악의 인도자인가?】

【그래미는 지겨워요. 이제 영화계로 갈래요】

【현대판 악성(樂聖) 페이트. 누가 감히 그에게 손가락질하는가?】

【에릭 클랩튼의 증언. 페이트는 신의 사도다】

승리의 미소를 짓는 앤드류 총지배인을 뒤로하고 섭섭한 표정의 앨버트 제작 총괄의 어깨를 두드려 주었다.

그래미에서 보자고.

애써 웃음 짓지만, 그 마음을 왜 모를까.

이틀의 파티와 인터뷰를 마치고 축음기 상패가 아닌 첫 오스카 형상의 상패를 들고 한국행 비행기에 올랐다.

한국도 들썩였다.

공항에서부터 기자들이 진을 쳤고 페이트가 드디어 아카데미까지 점령했다며 찬사를 보냈다. 전무후무한 기록이라고 떠드는 그들을 향해 '아니야. 30년만 지나면 작품상 받는 분도 나오고 여우 조연상 받는 분도 나와'라고 나불대고 싶었던 입을 막는 게 더 힘들었을 정도로 이들의 열광은 지나쳤다.

회사도 학교에서도 난리가 났다.

교문에서부터 꺄악, 꺄악 소리가 나더니 월요일 아침 조회 시간엔 교장이 직접 타의 모범이 되었다고 표창장을 수여하고 격려하고.

오후엔 청와대에서 차량이 나와 나를 데리고 갔다.

"왔어요? 오오, 어서 오세요."

"불러 주셔서 영광입니다. 대통령님."

김영산이었다.

대한민국 근현대사를 온몸으로 써 내려온 초거물.

그러고 보니 일이 참 공교로웠다.

노태운 취임식 이후 최연소 그래미 수상자가 됐고 김영산 취임 이후 아카데미 수상을 한 최초의 한국인이 됐다.

그래서인지 나를 보는 그의 시선이 아주 부드러웠다.

"이게 그 유명한 아카데미상이라는 겁니까?"

"맞습니다. 한번 보시겠습니까?"

부른 이유를 전달받은 관계로 집에 들러 상패 두 개를 다 가지고 왔다.

음악상, 주제가상.

앞에 턱 내놨더니 들고 요리조리 잘도 살펴본다.

"참으로 대견스럽습니다. 그래미에 이어 아카데미까지 제패하다니."

"아닙니다. 운이 좋았습니다."

"겸손하시군요. 세계 속에 한국인의 위상을 하늘 높이 드

높이는 분께서."

"말씀을 낮춰 주십시오. 저는 학생일 뿐입니다."

"하하하, 그럴 수야 있나요. 세계적인 명사이신데요. 내도 26살에 국회 의원 뺏지를 달고 역대 최연소 타이틀을 따긴 했는데 어디에 비하겠습니까. 참으로 대단하십니다."

시종일관 점잖았다.

급하게 끌지도 않고 무언가 요구하지도 않았다. 정말 보고 싶었다는 듯 침착하게 대하였고 내 안녕을 기원했다. 이 사람이 정말 김영산이 맞나 의심이 될 정도.

취임사부터 '더러운 동거는 하지 않겠다' 외치며 하나회 척결을 예고, 취임 열흘 만에 참모총장을 시작으로 군 파벌의 핵심이며 하나회 소속 별들을 40개 이상 떨어뜨리며 숙군 작업에 돌입한 남자가······.

이는 하나회가 빌미를 제공하기도 했는데······ 문민정부라고 명명하며 막 시작하려는 김영산 앞에 군 인사를 자기들 마음대로 정해 결재하라고 내민 일이 있었다.

소위 길들이기 작업. 겁도 없이 김영산을 상대로.

그렇게 별이 40개 이상 날아가자 하나회에서도 강력한 반발이 나왔다. 장성들의 입에서 '군을 너무 홀대하는 거 아니냐. 무신의 난이 왜 일어났는지 아는가?'라는 강경 발언까지 나올 만큼 저항이 거셌지만, 김영산은 김영산.

'개가 짖어도 기차는 달린다.'는 말로 응수하며 도리어 정리 작업에 박차를 가한다. 후임인 김대준 정부가 출범할 무렵에는 겨우 영관급 장교 몇 사람만 남을 만큼 하나회는 철저히 박살 나 역사의 뒤안길로 사라지게 된다.

그런 강단이, 그런 코뿔소가 얌전히, 정돈된 모습으로 나를 바라보았다. 꿀이 뚝뚝 떨어지는 눈으로 보물 바라보듯.

게다가 우연히 대화거리로 사용한 정치, 경제, 외교, 세계사에 대한 내 지식이 상상 이상의 영역인 걸 깨닫자 그 눈은 어느새 보물에서 위인급 성좌를 보듯 물들어 갔다.

"정말 천재로군요. 보고는 받았으나 와닿지 않았는데. 두 팔에 소름이 다 끼칩니다."

"아닙니다. 이것저것 호기심이 많아 들여다본 것으로 깊이는 없습니다."

"아니에요. 당장 경제부총리에 앉혀도 무방할 만큼 세계경제 흐름에 뚜렷하십니다. 정말 놀랍습니다."

"부끄럽습니다."

"하하하하하, 정말 놀랄 일뿐이군요."

훈장 추서 얘기도 오갔다. 이미 대한민국 문화훈장 금관을 받은 상태라 은관으로 대체하겠으니 양해 부탁한다고.

이도 며칠 만에 해결되어 훈장 전수식이 열렸다.

노태운이 죄수복을 입고 공판을 기다리고 있을 때 나는 화창한 봄날 따뜻한 기운을 한껏 받으며 영광의 시간을 보냈다.

◇ ◆ ◇

청운 무역.

"보셨습니까?"

"……."

"설마 했는데 진짜로 일이 벌어지는군요."

"……."

"각하께서는 선견지명이 있었습니다."

"……맞다."

대답하면서 임정도는 눈을 감았다.

지난날이 주마등처럼 지나간다.

88년인가? 89년인가? 어째서인지 시기는 가물가물하였다.

그러나 그 장면은 아직도 사진처럼 선명하였다.

김영산의 독대 후 따로 만난 자리에서 각하는 김영산이 너희들을 가만히 두지 않을 거라 단언하고 한창 별 네 개를 보며 내달리는 자신에게 예편을 명령, 미국에 보내 버렸다.

그때만 해도 눈앞이 아득했는데.

'솟아오르는 원망을 충성심으로 이겨 냈지.'

당시에는 어쩔 수 없었다.

믿고 따르는 부하들 때문이라도 흔들리는 모습을 보여선 안 됐고 멀리 미국에서도 한국 사정을 볼 수 있었기에 참을 수 있었다.

그러면서 각하가 무슨 일을 하고 어떻게 행동하는지 다 봤다.

'비굴하다 생각했는데.'

이젠 그것만이 살길이었다는 말을 알 것 같았다.

각하는 진정한 지도자였다.

"새 정부를 출범하면서 장·차관급 이상 고위 공직자들의 재산을 공개한다고 밝히고 취임 이틀 만에 첫 국무 회의에서 자기와 가족의 재산 17억 7,822만 원을 공개했습니다. 김영삼은 보통 사람이 아닙니다."

"그렇지. 여태 그런 사람이 없었지. 그래서 더 본을 보이기 위해 강력하게 나올 거다."

"맞습니다. 삼일절 기념사에서도 '부패와의 전쟁'을 선언하지 않았습니까. 다음 날로 육참총장과 기무사령관이 전격 해임됐고 이 일도 최측근 빼고는 아무도 몰랐다고 합니다. 금융 실명제 얘기도 살짝 오가는 것 같은데 예측이 어려운 인물입니다."

"진흙 바닥부터 올라온 사람이야. 쉬우면 그게 이상하겠지."

"사장님, 우린 이제 어떻게 해야 합니까?"

아마도 이게 대화의 핵심일 것이다.

임정도는 슬쩍 입술을 깨물고 시선을 TV로 돌렸다.

그곳엔 죄수복을 입은 노태운이 검찰 조사를 마치고 서울 구치소로 가는 버스에 타기 전, 인터뷰하는 모습이 생중계되고 있었다.

≪저는 처음부터 끝까지 국민께 드린 약속을 지킬 생각밖에 없습니다. 앞으로 우리 대한민국에 다시는 과거와 같은 비극이 벌어지지 않길 바라는 마음이고 그 좋은 본보기가 되길 원합니다. 단지 그것뿐입니다. 재판 결과를 겸허히 받아들일 것이며 저의 죄과를 명명백백하에 전부 치르겠습니다. 죄송합니다. 국민 여러분을 조금 더 일찍 지켜 주지 못해 죄송합니다. 이것으로 인터뷰는 마치겠습니다. 감사합니다.≫

낮아지고 더욱 낮아졌다.

얼마나 낮아지는지 저 각하가 만만해 보일 정도였다.

'각하, 저는 각하가 참으로 무섭습니다.'

CIA 교육을 받고 돌아올 때만 해도 나름 자신감이 있었다.

한층 선진화된 정보 체계를 이용한다면 한국쯤은 쉽게 손안에 넣고 휘두를 수 있을 거라고.

하지만 다시 만난 김영산이고 각하고 절대로 쉬운 사람들이 아니었다.

개별적으로 본다면 미국의 대통령보다도 무서운 사람들이었다.

'계획의 마침표가 본인의 구속 수감이라니. 대체 어떤 사람이 이런 계략을 펼칠 수 있겠습니까? 각하, 진정으로 존경스럽습니다.'

임정도도 알았다.

과(過)가 치명적이다 해도 공(功) 또한 너무도 선명하기에 공사가 상충하긴 하나 이 일은 반드시 죄의 판결을 받아야 한다. 무조건 구속돼야 뒤탈이 없다.

'맞습니다. 이래야 살 수 있었습니다.'

군 출신으로서 쿠데타 공신이라는 주홍글씨를 이번 기회에 떼게 될 것이다. 눈 감고 귀 닫고 입 다물고 그림자처럼 살 필요 없이.

그러나 걱정은 않는다.

형량은 무겁게 나오지 않을 것이다. 그리 기획된 걸 테니.

고개를 끄덕인 임정도는 더는 머뭇거리지 않았다.

벌떡 일어나 눈을 빛냈다.

"각자 할 일을 한다. 우리의 진짜 시작은 각하께서 풀려나시는 날이다. 그때까지 최선을 다해 기반을 마련한다."

"예."

"우리의 목적은 거미줄같이 촘촘한 정보망을 형성하여 우리 식대로 우리의 입맛대로 경영하는 것이다. 더는 잴 필요 없다. 나가라."

"알겠습니다. 충성."

"경례도 오늘을 마지막으로 버려라. 우린 민간인이다. 각하처럼 낮아지고 낮아져 섞여 들어가야 한다. 아무도 눈치 못 채는 사이 이 나라의 정보를 움켜쥔다."

◇ ◆ ◇

"네가 여긴 또 웬일이냐?"

봄날, 한창 가지치기에 열중인 함흥목이었다.

오랜만에 명동 함흥목의 집으로 갔다.

반겨도 모자랄 판에 눈을 흘기는 노인네를 보다 보니 들고
간 선물을 시궁창에 처박고 싶은 충동이 일었지만.

"이것 보세요. 똑같잖아요. 할아버지도 저한테 왜 왔냐고
묻잖아요."

"으응?"

"누구든 뜬금없이 쳐들어오면 처음 묻는 말이 이렇다는 거
예요. 제가 이상한 게 아니라."

"그야…… 커흠흠, 그래서 왜 온 거야? 다신 발걸음하지 않
을 것처럼 굴더니."

본인이 한 일이 생각났는지 조심스레 가지치기 가위를 내
려놓는 함흥목이었다.

"차도 안 줘요? 그냥 말만 하고 가요?"

"설마 내가 그러겠냐. 들어가자."

전에 들어간 적 있던 골방으로 안내하였다.

잠시 앉아서 둘러보고 있으니 김 실장이 손수 다과를 내왔다.

"준비도 원래 아저씨가 했던 거예요?"

"어? 그야……."

61

"하이고, 인색해라. 돈을 몇조씩 들고 있으면 뭐 해요? 김 실장 아저씨한테 이런 심부름이나 시키고. 아저씨 그러지 마시고 저한테 오실래요? 제가 잘해 드릴게요."

"이 녀석이, 누구 앞에서 사업 밑천을 빼 가려고. 김 실장 아, 나가 봐라. 이 고약한 녀석 눈에 띄는 거 아니다. 정 대표가 몇 년째 해외만 돌아다니는 거 못 봤냐? 그 꼴 난다."

"예, 알겠습니다. 즐거운 시간 되십시오."

피식, 꾸벅 인사하고 나가는 김 실장을 다시 잡았다.

"아저씨도 앉으세요."

"으응?"

"왜? 김 실장도 들어야 할 일이야?"

"두 분이 한 몸이라면요."

"그럼 들어야겠네. 김 실장도 앉아. 아, 찻잔 하나 더 가져오고."

김 실장이 잠시 나갔다 들어오자 함흥목은 그의 잔에도 국화차를 따라 주었다.

"내가 정 과장…… 아니, 정 차장이지? 이번에 승진했다고."

"그렇죠."

정은희는 93년부로 차장 승진됐다.

연봉 4,200만 원의 중간급 인사로.

93년도 오필승의 급여 체계는 이랬다.

사원 2,400, 대리 3,000, 과장 3,600, 차장 4,200, 부장

6,000, 이사 12,000.

92년도에 처음으로 이사급이 1억 연봉 시대를 열자마자 이 듬해인 올해 또 전부 20% 상승함으로써 직원 급여로는 대한 민국에서 따를 기업체가 없게 됐다.

"정 차장이 내준 국화차 향내가 참으로 좋았더란 말이지. 봐라. 나도 즐기게 됐다."

"좋네요. 좋은 놈으로 선별해 정성껏 말렸어요."

"마실 줄 아는군."

"……."

"그래, 김 실장도 같이 마시자."

세 사람 모두 뜨끈뜨끈한 국화차를 비강으로 느끼며 즐겼다.

그동안의 안부를 물었고 내 키가 더 컸네 마네 하며 시간을 끌었다.

어느 정도 분위기가 잡히자 함흥목은 어서 용건을 꺼내라 며 나를 찔렀다.

"이제 슬슬 얘기할 때도 되지 않았냐? 너 그거 때문에 온 거지?"

"맞아요."

"어떻게 하라는 거냐? 난 준비됐다."

"숨겨진 것들 싹 다 꺼내 공개하세요."

"……!"

놀란 기색이라 기다려 줬다.

그리고 함홍목은 내 예상보다 더 대단했다.

"너 설마 금융 실명제를 염두에 둔 거냐?"

"예."

"쿠쿠쿠쿠쿡, 쿠쿠쿠쿠쿡, 난 또. 잔뜩 무게 잡길래 북한이라도 쳐들어오는 줄 알았더니만. 에잉, 헛똑똑이."

"……"

"금융 실명제는 안 돼. 될 수가 없어."

"……"

"전두한이 때도 하려 했고 노태운이 때도 몇 번 하려다 실패했어. 군부 정권 때도 안 됐는데 김영산이라고 가능할 것 같아?"

"……"

"이 바닥이 그리 호락호락하지가 않다 이놈아. 이거 그 말 듣고 몇 년이나 고민한 내가 다 우습구만. 내 목숨줄 구해 준다는 게 금융 실명제인 줄 알았다면 발 뻗고 편히나 잤을 텐데."

"……"

"왜 말이 없어. 이렇다 저렇다 반격해야 하잖아."

한껏 비웃는다.

승리자처럼.

나도 웃어 줬다.

"그게 내 목숨인가요. 안 하면 그만이지."

"뭐?!"

"전 말했고 안 하실 거면 그뿐인 거잖아요. 내가 왜 힘들게

설득해요? 내 목숨도 아닌데. 각자 알아서 사는 거지."

"이 자식이, 어른한테 말하는 뽄새 하고는!"

"어르신, 장 총괄 말을 더 들어 보세요."

함흥목이 당장에라도 찻상을 뒤엎을 듯 흥분하고 김 실장이 서둘러 말린다지만 나는 눈 하나 깜짝하지 않았다.

말 그대로였다.

니 목숨이지 내 목숨인가.

한참 후에야 진정되었는지 함흥목이 긴 숨을 내뱉었다.

"그래서. 왜. 금융 실명제가 되는데?"

"귀찮아요. 그만하시죠."

"뭐?"

"소귀에 경을 읊을까요. 그 시간에 밥이나 한 술 더 뜨는 게 낫지. 남은 차나 마시고 갈게요."

"근데 이 자식이……."

"어르신."

"알았다. 알았어. 가만히 있으면 되잖아. 김 실장 너도 가만히 있어."

"예."

"말해. 말을 하라고 이놈아."

"귀찮은데."

"하라고!!"

"아, 깜짝이야. 진짜 듣긴 할 거예요?"

"들으면 되잖아! 자식아!"

노발대발하면서도 날 내쫓지 않는 이유는 한 가지였다.

내가 만만찮은 놈이니까.

그동안 내가 다 옳았으니까.

하지만 나도 쉽지는 않은 놈이다.

"겸손 좀 차리시죠. 지금 하는 행동이 어디 목숨을 구해 주러 온 은인에게 하는 태도인가요?"

"뭐?!"

"이대로 끝낼까요?"

"……."

"똑바로 앉으세요. 어두컴컴한 지하에서 벗어날 유일한 출구를 가져온 사람에게 너무 막 나가는 거 아니에요?"

"이이이…… 끄으으응."

부들부들.

"들을 거예요? 말 거예요?"

"……들을 거다."

"그럼 경청하세요."

"오냐."

앞으로 벌어질 일에 대해 꺼냈다.

고위 공직자 재산 공개를 시작으로 '공직자 윤리법'에 따른 공직자 재산 등록 접수까지 이어지는 일련의 사태들을.

"정치권도 심상치 않음을 느끼고 주목하고 있어요. 그러나 김영산 대통령은 사정 봐주는 사람이 아니죠."

3월 말에 이미 국회의장과 국회 의원 몇몇이 재산 공개 파동과 관련해 의장직 사퇴 및 사퇴 사유서를 국회에 제출하였다.

"아직도 감이 안 오나요? 장성들 자르듯 어느 날 갑자기 벼락이 떨어질 거예요. 그때 부랴부랴 덤비면 늦어요. 최소 수천억의 손실이 날 거고요."

"하지만 명의를 되돌린다면 내가 드러나게 돼."

몰라서 신비로웠고 감춰져서 조심스러웠다.

드러나는 순간 그 이점이 모두 사라지는 것이다.

"수천억 날리실래요?"

"……."

"국민, 한일, 하나, 신한, 우체국, 농협에 분산 예치시키고 가만히 눈 감고 때를 기다리세요. 은행 주식을 사 두시는 것도 추천해요. 이것저것 다 귀찮으면 외국계 은행에다 박아 두고요. 다만 95년 중순쯤 달러가 750원대로 떨어지면 싹 다 달러로 바꾸세요."

"뭐?! 달러?"

"명심하세요. 제가 지정한 은행 외 다른 곳에 돈 넣으면 안돼요."

"아니, 그보다 달러로 바꾸라고? 그 돈을 전부?"

"대낮으로 나오기 싫으세요?"

"……."

"제 말을 다 이행하시면 2탄은 97년도에 만나서 해 줄게요."

"또 있어?"

"그럼 사채꾼을 정상적인 사업가로 만드는 게 쉬울 줄 아세요?"

"그야……. 커흠흠."

"이 모든 건 할아버지의 선택이에요. 전 약속대로 성실히 이행했고 이제부터는 제 몫이 아니죠."

"넌……. 그걸 어떻게 아는데?"

"궁금해하지 마세요. 일반인들은 1도 알 수 없는 일이니까."

"이 함흥목이더러 그냥 시키는 대로 하라는 거냐?"

"일반인이시잖아요."

"허어……."

반항한다지만.

일반인 주제에 뭐라고 까불까.

앞으로의 일은 성실히 알려 줬으니 하든 말든 알아서 하라며 밖으로 나왔다. 이제 빚은 없다고.

뒤따라 나온 함흥목은 끝까지 인정하지 않으려 했지만 그렇다고 대놓고 비웃는 짓은 하지 않았다.

흔들리고 있다는 것.

그 얼굴에다 장고는 돈에 해롭다는 말을 해 주고 집으로 돌아왔다.

그가 인정하든 말든 세상은 바쁘게 돌아갈 테니.

"으음, 벌써 이렇게나 움직일 때였나?"

오성 그룹 창립 55주년 기념식에서 새 로고, 새 경영이념, 새 사가를 발표하며 '제2 창업 2기'를 선포했다는 소식을 들었다.

나 때문에 로고가 달라져 버린 오성 그룹.

그러나 무척이나 정겹기도 했다. 전작에서 오성과 진세계 그룹을 다뤄 봤기에 더더욱 그들이 잘되길 바랐다. 앞으로 반도체, 전자제품 강대국으로 우뚝 설 기반을 다져 달라며 나는 시장에 나온 주식을 갈퀴로 끌어모았다.

그것과는 별개로 재밌는 일도 많았다.

TV에 공무원 잡아가는 장면이 흔하게 나온다는 것이었다.

말단 공무원도 그렇지만 이회찬 체제가 된 감사원은 '율곡 사업'을 뒤지며 부당 사항 118건을 적발, 전임 국방부 장관 등 6명을 고발하는 거로 물꼬를 트더니 교육부가 또 1988년과 93년 입시 대입 부정 입학 및 편입생 1,069명과 학부모 451명의 명단을 공개해 버렸고 내무부는 새 정부 출범 이래 뇌물 수수·직무 태만 등의 사유로 공무원 1,100여 명을 징계하겠다고 밝혔다.

세상이 바뀌었다.

노태운 정부는 끝났고 김영산의 시대가 개막했음을 똑똑히 보여 주고 있었다.

잡힌 공무원들은 강력해진 법 규정에 따라 일절 관용 없이 패가망신하였고 그 꼴이 전국에 생중계됐다.

살벌한 와중에도 전학련의 뒤를 잇는 '제1기 한총련 출범식'이 고려대 안암캠퍼스에서 개최되었다. 전국적으로 학생만 6만 명이 참여한 대단위 집회라 정부의 등지느러미가 모처럼 바싹 솟았다.

그러든 말든 한총련은 깃발을 드높여 첫 움직임을 시작했고 자기들은 보통내기들이 아니라는 걸 선포하듯 출범식 방명록의 잉크가 다 마르기도 전에 조국의 평화 실현을 위한다며 판문점 진출 시위를 벌였고 그러다 순경 한 명을 몽둥이로 때려죽여 버렸다.

가뜩이나 못마땅한 정국에 제대로 된 빌미를 제공한 것.

다음 날로 온갖 언론에서 '가난한 시골 출신의 경찰이, 갓 임용되자마자 시위 학생에 맞아 죽어.'란 헤드라인이 깔렸다.

정부는 기다렸다는 듯 한총련을 폭력 집단, 친북 단체로 규정, 마녀사냥을 시작했다.

한총련도 질 수 없다는 듯 경찰의 과잉 진압을 규탄하고, 죽은 순경을 애도하는 대자보를 붙이고 추모 집회를 열었으나 시대를 읽지 못한 눈으로는 현 사태를 버텨 낼 능력이 없었다.

노태운의 법체계와 정통성을 그대로 이어받은 김영산이라.

당시 학생 운동이 흐지부지된 계기는 대통령이 직접 나서서 대화하고 그들의 원하는 바를 전부는 아니더라도 들어주고 들어주는 시늉을 보여서였다.

그 불문율을 깬 것이다.

한총련은 무서운 김영산의 타깃이 됐고 판문점으로 가자는 시위는 국민과의 약속을 저버린 사례로써 찍혔으며 애꿎은 순경의 죽음은 공권력에 대한 도전이 되었다.

일 명 예외 없이 싹 다 잡아들이라는 명령이 떨어졌다.

정부는 경고했다.

숨겨 주다 걸리면 그 역시 공범으로 집행할 거라고.

여기 어디에 민주주의가 있고 민선 대통령이 있겠느냐마는 누구도 상관하지 않았다. 김영산은 경찰력은 물론 군인까지 풀어 2만 명을 잡아들이는 짓을 벌였다.

필요한 게 있으면 말하라는 창구를 열어 뒀음에도 부수고 찢고 죽이는 짓을 벌였으니 절대로 가만두지 않겠다고 호통쳤다.

손들라고도 했다. 북한이 그렇게 좋다면 북한으로 보내 주겠다고.

몇몇 손들자 또 우르르 수천 명이 동시에 들었다.

이러면 움찔 물러설 줄 알았는가 본데.

김영산은 누르면 더 튕겨 오르는 사람이었다.

싹 다 잡아다 판문점을 통해 북한에 보내 버리려 하자 놀란 학부모들이 나서서 빌어 댔다. 사회도 놀라 술렁거렸다. 언론도 이것만큼은 안 된다는 쪽으로 돌아섰고 그제야 김영산도 한발 물러섰다.

마지막으로 묻겠다고. 아직도 북한에 가고 싶은 사람 있냐고?

여전히 수백 명이 손든다.

김영산은 그들을 가리키며 '이런 놈들이 대한민국을 좀 먹고 있었다'며 가차 없이 철퇴를 휘두르겠다 천명했다. 사회도 이번만큼은 고개를 저었고 언론도 대한민국을 배신한 자들이라 외면했다. 우는 사람은 오직 학부모들뿐.

지정된 날짜가 되자마자 배급도 끊기고 피죽도 못 끓여 먹어 아사하고 배고픔을 이기지 못해 사람마저 잡아먹는다는 소문이 무성한…… 90년대 말 아귀 지옥으로 성큼 진입 중인 북한으로 압송해 버렸다.

그 장면이, 실실 웃으며 '어서 오라. 냉큼 오라.' 수백 명 오동통 뽀얀 학생들을 맞이하는 북한 보위부 소속 군인의 얼굴이, 대서특필되어 전국으로 보도됐다.

김영산은 나머지도 놔두지 않았다.

약속을 지키지 않는 놈들에게 관대는 없다.

전부 무인도행.

이도 사회적으로 논란거리가 됐지만, 김영산은 군부 시대 못지않은 강력한 권력자였다. 이 일로 대한민국 영토에 포함된 도서 3,000개 중 무인도가 사라질 지경에 이르렀는데 생활·학문·투쟁의 공동체란 기치를 건 한총련도 단 1기로, 한 달도 안 된 사이 공중분해되었다.

초장부터 너무 날뛴 값이었다. 힘에 취한 이들이 너무 많았던 것.

본역사에서도 그랬다.

김대준 시대 때부터 본격적으로 탄압받아 노무현 시대 때 명맥이 끊겼으니 누굴 탓할 것도 없었다.

◇ ◆ ◇

1집 150만.

2집 30만.

3집 50만.

4집 200만.

5집 100만.

6집 100만.

7집 400만.

8집 200만.

총판매 1,230만 장.

전부 CD 매출이다.

매출계 1억 1천만 달러.

올해부터 페이트 1집부터 7집까지의 CD 버전이 발매되었다.

1집과 4집은 영화 보디가드와 알라딘의 흥행이 매출을 이끌었다 봤고 나머진 7집의 매출이 살짝 놀랍긴 했지만, 소장 가치를 높게 쳤다 자축했다.

우리 가수들도 93년 상반기는 약진의 해였다.

015V '아주 오래된 연인들'이 가요톱열 1위를 찍으며 신고하

더니 푸른하늘의 '자아도취'가 뒤를 이어 1위를 찍었다. 다음은 예전 김연이 유심히 봐 두고 있다던 DJ 신천이 천이와 미애라는 듀엣을 결성, 야심 차게 내놓은 '너는 왜'가 1위를 찍고.

중간에 김원중이라는 신인이 나와 '모두 잠든 후에'로 이름을 날리고 장헌철의 '걸어서 하늘까지'에게 1위를 잠시 빼앗겼다가 천성인이 멤버로 낀 노이즌의 '너에게 원한 건'이 다시 1위를 탈환하며 상반기를 뿜뿜했다.

김건몬도 선전했다. '잠 못드는 밤 비는 내리고'가 반응이 좋았고 물론 중간에 얼굴이 방송을 타는 바람에 앨범 판매가 주춤한 후유증도 있었지만, 예능에 나오며 친숙해지자 오히려 매출세가 회복되었다.

사회도 점차 안정을 찾아갔다.

한총련 사태의 처벌이 너무 심했다느니. 아니다, 그런 놈들은 싹 다 북한에 보냈어야 한다느니 시끄러웠던 정국은 하등 쓸모없다 여겼던 '1993 대전 엑스포'가 개최되며 완전히 가라앉았다.

돈값을 한 것.

그리고 8월 11일엔 '공직자 윤리법'에 따른 공직자 재산 등록 접수가 마감되었다. 이날까지 접수된 인원이 21,291명이라.

삐용삐용삐용.

머릿속으로 경고성이 울리나 세상은 아무것도 몰랐다. 내일 김영산이 무슨 짓을 저지르는지.

8월 12일.

희망찬 하루가 밝았다.

세상은 여전히 조용했고 아무 일도 없는 것처럼 잘 돌아갔다.

나 또한 너무 조용해 날짜 계산을 잘못했나 헷갈릴 무렵…… 한창 저녁 수목 연속극을 시청하고 있던 판에 갑자기 대통령 특별 담화가 시작된다며 TV 방송이 중단됐다.

김영삼의 얼굴이 나온다.

이런 식이었나?

≪저는 이 순간 엄숙한 마음으로 헌법 제76조 1항의 규정에 의거하여, '금융 실명 거래 및 비밀 보장에 관한 대통령 긴급 재정 경제 명령'을 발표합니다. 아울러, 헌법 제47조 3항의 규정에 따라, 대통령의 긴급 재정 경제 명령을 심의·승인하기 위한 임시 국회 소집을 요청하고자 합니다. 금융 실명제에 대한 우리 국민의 합의와 개혁에 대한 강렬한 열망에 비추어 국회 의원 여러분이 압도적인 지지로 승인해 주실 것을 믿어 의심치 않습니다. 친애하는 국민 여러분, 드디어 우리는 금융 실명제를 실시합니다. 이 시간 이후 모든 금융 거래는 실명으로만 이루어집니다.≫

쿵.

나만 놀랐나?

같이 보던 할머니들은 감이 없었다.

뭐지? 하는 표정.

하지만 발표 다음 날인 1993년 8월 13일 은행에 돈 찾으러 간 사람들은 무엇이 달라졌는지 처절히 실감해야 했다.

몸만 가서는 돈을 안 내준다. 주민 등록증, 여권, 운전면허 증 등의 신분증으로 본인임을 인증하지 않으면 돈도 찾을 수 없고 계좌를 개설할 수도 없고 계좌 이체도 안 된다는 말을 들었다.

일반인들이야 집으로 돌아가 신분증만 가져오면 된다지만 그렇지 않은 자들은 세상이 뒤집혔음을 깨달았다.

차명이든 뭐든 돈 찾으려면 명의 빌린 사람을 데려와야 했 고 그렇지 않으면 돈이 공중에 뜬다. 나중에 이 일로 잠적한 사람만 수천 명이라는 뒷얘기가 나돌 정도였다.

금융 기관도 난리가 났다. 주식 시장에도 헬게이트가 오 픈, 가격 제한 폭까지 주식이 떨어졌다.

얼씨구나. 2000년대를 열 주식으로만 나는 골라 골라 싸 담았다.

너무 좋아!

"돈 벌기 겁나 쉬워."

금융 실명제가 가져다준 파장은 실로 어마어마했다.

이게 어느 정도냐면.

대학생을 대상으로 실시한 '사회인 인기투표'에서 가수도,

당대 최고의 탤런트도 아닌 김영산이 떡하니 1위에 오른 것.

한총련을 깨부순 대통령이었는데도 대학생들이 최고라고 뽑아 줬다.

그뿐만이 아니었다.

대통령 선거 때조차 4% 수준의 지지율밖에 얻지 못했던 호남에서 자그마치 70~80%의 지지를 받아 버리며 역사상 처음으로 지역주의를 없앨 대통령으로 주목받게 되었다.

세금 환수율이 말도 못 하게 치솟았다.

전부 실명.

있는 대로 찍어 세금 매기고 거둬들이면 끝.

하나회 숙청과 더불어 김영삼 재임 시기 최고의 시절이라 그를 싫어하는 사람조차 대체적으로 잘했다고 인정할 정도로 금융 실명제는 압도적인 치적이라 할 수 있었다.

"너 이거 어떻게 알았어?!"

함흥목이 헐레벌떡 달려왔다.

저렇게 올 줄 알았다. 시간을 보니 오후 4시.

은행이 끝나는 걸 보고 온 것.

"꽤 늦게 오셨네요. 아침부터 달려올 줄 알았는데. 아닌가? 진짜로 돈 안 주나 싶어 은행마다 죄다 돌아다니며 알아봤을 테니까 지금이 맞나요?"

"시끄럽고. 어떻게 알았냐고?!"

"뭘 어떻게 알아요. 보인다고 했잖아요."

"알아보니까 네가 말했을 때는 아직 언급도 되지 않을 때였어. 너 정말 외계인이냐?!"

"무슨 외계인이에요? 대통령 선거 공약에도 나오는구만."

금융 실명제는 김영산의 대선 공약이었다.

"그건……."

"믿고 싶은 것만 보니까 안 보이는 거죠. 그때도 이랬으니 지금도 이럴 것이다. 그들이 왜 금융 실명제를 못했을까요?"

"……."

"걸리는 게 많으니까 못한 거죠. 자기도 타격을 입으니까. 헌데 김영산은 어땠어요? 시작부터 싹 다 까발렸잖아요. 두려울 게 없잖아요."

"……."

표정을 보아하니 진짜로 이런 일이 벌어졌다는 것에 당혹만 있을 뿐 하늘이 무너진 것 같은 기색은 없었다.

조언을 흘리지 않고 움직인 것이리라.

"재미 좀 봤겠어요."

"뭐?"

"돈 좋아하는 분이, 오랜만에 돈 좀 세셨을 텐데 재미없었어요?"

"그야……."

"지금 꿍쳐 둔 거 생각하는 중이죠?"

"……."

움찔.

뻔했다.

전부는 움직이지 않고 2할, 3할? 정도는 그대로 묻어 두었을 것이다.

"그 사람들. 믿을 만한 건 맞아요?"

"나랑 30년 이상 된 사람들이다."

"정말요?"

"믿을 수 있다!"

고집스러운 표정으로 우긴다.

웃어 주었다.

"난 30년짜리 퇴직금 한번 거하게 뿌린 거로 보이는데. 아니면 말고요."

"뭐라?!"

"지금 당장 움직이지 않으면 그중 몇몇은 잠적해 버릴 텐데. 괜찮으세요?"

"……!"

"일반인도 아니고 돈 쪽에 있는 사람들이라면 금융 실명제가 어떤 의미인지 금방 알 텐데 너무 여유를 부리시네요."

"자, 잠깐…… 나 전화 좀 쓰자."

"얼마든지요."

전화기를 잡자마자 누군가에게 싹 다 잡아들이라는 명령을 내리는 합흥목이었다.

얼마나 단호했던지 옆에 있는 내가 다 살 떨릴 정도.

어쨌든 안배는 해 놨다는 거네.

마무리가 된 건지 함홍목은 침착을 찾았다.

"일하다 보면 로스 나는 것도 있고 거기에 연연해서는 돈 놀이를 못 하지."

다짐인지 각오인지 모를 말도 내뱉고.

"방금까지 악다구니를 쓴 분의 말씀치고는 너무 매너가 좋네요."

"그러냐? 어쨌든 고맙다. 네 덕에 큰 고비를 넘겼어."

"움직인 건 제가 아니죠."

"결과에 대한 책임이 나에게 있다 하더라도 은혜를 입은 건 은혜를 입은 거다."

"인정하시나요?"

"인정한다."

"소고기 쏘실래요?"

"소고기?"

뭔 개소리냐는 얼굴이다.

"축하해야죠."

"아아~ 쏴야지. 내가 얼마든지 사 주마."

두루마기를 툭툭 턴다.

나 하나쯤 얼마든지 해결 가능하다는 것처럼.

"우린 사람이 좀 많은데."

"응?"

"우리 식구들 전부 갈 거예요."

"뭐?!"

"돈 아까우세요? 저 때문에 최소 수천억은 버신 분이."

장혜린을 도운 것과 지금 것은 비교가 안 된다.

그리고 함홍목의 입장에서는 내가 목숨을 살린 게 맞다. 대비하지 못했다면 그 타격은 곧장 수명 단축으로 이어졌을 테니.

"끄으으응, 알았다. 1억이든 2억이든 내가 다 사 주겠다. 됐냐?"

"감사히 먹겠습니다."

바로 도종민에게 전화해 오필승 그룹 회식 소식을 알렸다.

피치 못할 사정이 있는 사람이 아니라면 일 명 빠짐없이 참가하라고. 최고급 가든을 예약해 놓으라고. 오늘은 무조건 꽃등심으로만 먹을 거라고. 참고로 난 새우살.

함홍목도 한번 허락한 사안에 대해서는 가타부타가 없었다.

그 태도가 기특해 보너스를 꺼냈다.

"앞으로 돈 생기는 대로 은행 주식을 매입하세요. 아 참, 저번에 말씀드렸던 은행들 잊으신 건 아니죠?"

"내가 안 그래도 그것 때문에 곰곰이 생각해 봤는데."

"예."

"너 설마 나에게 은행을 인수시킬 생각이냐?"

진짜 면도날이다.

"이럴 때는 머리가 잘 돌아가시네요."

"헛, 허허허허……."

"믿기지 않으세요?"

"아니, 점점 니 말을 믿고 싶어서 문제다. 이놈아. 너 때문에 내가 세운 원칙이 자꾸 깨지려 해."

"사람을 믿지 않는다. 이건가요?"

"……."

대답을 안 하길래 치우라는 듯 허리를 소파에 기댔다.

"싫으면……."

"이 자식이 누가 싫다 했어?! 할 거다. 하고 말 거다. 그때도 때가 되면 보이겠지."

"어째 절 상대할 방법을 찾으신 것 같네요."

"이게 네놈을 상대하는 방법이더냐? 무기력하게 시키는 대로만 하는 게?"

"현명해지신 거죠."

"이게 현명한 거라고?"

"일반인이시잖아요."

"……."

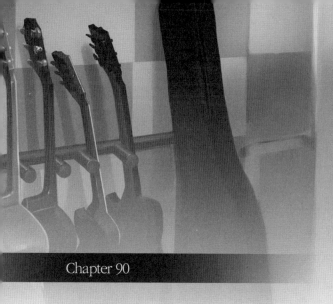

정부가 국회, 행정부, 법원, 헌법 재판소, 중앙 선거 관리 위원회의 1급 이상 고위 공직자와 국영 기업체 상근 임원 등 1,166명의 재산을 일괄 공개하면서 정치인과 공무원들이 숨겨 온 재산이 낱낱이 폭로되었다.

국민이 분노해 도둑놈들은 전부 나랏밥 먹는 놈들이라는 말이 나오고 있을 즈음 가요계에서도 폭탄이 하나 터지며 또 한 번 국민을 실망시켰다.

마약 건이었다.

작년과 올해 초까지 '흐린 기억 속에 그대'로 가요계를 제패하고 '두근두근 쿵쿵'으로 연이은 히트를 이어 가려던 현진

형이 음반 발매 일주일 만에 마약 투여 혐의로 입건되며 큰 충격을 안겼다.

이슈를 이슈로써 덮는 건지 모르겠지만, 아무튼 이 일 때문에 현진형의 소속사인 SML 엔터테인먼트는 뿌리부터 뽑힐 듯 휘청거렸다.

"큰일입니다. 50만 장인가 선발매했는데 공연 윤리 위원회가 모두 폐기한답니다. 마약 한 가수의 앨범을 판매하게 둘 수 없다고요."

"그래요?"

"SML은 지금 완전히 뒤집어졌습니다. 오늘내일한다고 난리입니다."

"그 정도까지요? 그래도 벌어 둔 게 있잖아요."

"그렇긴 합니다만 회복이 어려울 것 같습니다. 대표 가수가 사라진 거니까요."

그렇긴 하다.

현진형 같은 가수를 다시 만나려면 얼마 많은 투자가 이뤄져야 할는지.

"눈물 나겠네요."

"다시 느끼지만, 마약은 보통 일이 아닙니다. 그렇다고 소속 가수들 하나하나 다 살필 수도 없는 노릇이고요."

"제가 그래서 처음부터 이상하다 싶음, 안 받는 거예요. 가수들 사생활에 관심을 가지는 것도 다 그 이유고요."

"맞습니다. 현진형을 과감히 포기하시는 걸 보고 아깝게 생각했는데. 그 선택이 맞았습니다."

고개를 끄덕였으나 더 얘기하고 싶지 않은 주제였다.

오늘은 화창한 날.

모든 것이 풍성한 천고마비의 계절이자 희망만 얘기해도 모자랄 순간.

꿀꿀한 얘기는 이제 그만.

더욱이 SML에 대한 내 개인적인 선택의 시간도 다가오고 있었기에 생각할 시간이 필요했다.

"우리 다른 얘기 하죠."

"그럴까요?"

"아직도 '애모'가 휩쓸고 있나요?"

"여전히 사랑을 받습니다만 이번 주로 끝날 겁니다. 골든 컵을 받거든요."

"다음은 누구죠?"

"김건몬입니다. '첫인상'이 유력하죠."

'애모' 뒤에 바짝 붙어 있었다.

실제로 '첫인상'은 '애모'의 뒤를 이어 1등 바통을 받았고 5주 연속 1위로 골든컵을 받는다. 가요계에 김건몬이라는 이름을 완전히 각인시킨다.

더 좋은 소식은 '첫인상'이 하드캐리하고 있을 때 김건몬 2집 작업이 끝났다는 것이었다.

프로듀서로 '첫인상'을 작곡하고 히트곡 제조기라 불릴 김형선이 붙었고 김창한이 없는 관계로 나도 곡을 하나 주었는데 '핑계'였다.

앞으로가 더 기대된다는 것.

김건몬은 결국 골든컵을 탔다. 뒤를 이어 1위의 영예를 차지한 건 최연세의 '너의 마음을 내게 준다면'이었고.

최연세는 상당한 매력의 소유자였다.

키도 훤칠하고 중저음의 보이스도 멋지고 치어리딩의 경력이 있어 몸 쓰는 데 두려움이 없는 데다 무엇보다 연기자 선우은녀의 딸로 유명했다. 나중에 미국에서 한의사로 사는 모습도 봤는데. 아무튼.

그녀의 뒤를 이어 1등을 차지한 곡은 현실적인 가사로 유명한 015V의 '신인류의 사랑'이었다. 이 곡은 해를 넘겨서까지 1등을 하며 골든컵을 탔다.

'신인류의 사랑'이 그렇게 막 돌풍을 일으킬 시점, 저 바깥의 세계도 돌풍이 일어나고 있었다.

우루과이 라운드 협상 7년 만에 겨우 최종 타결시키며 GATT 체제에서 세계 무역 기구(WTO) 체제로 개편되었다는 소식이 만방에 퍼졌다.

이에 김영산은 쌀 시장 개방 파동과 관련해 잘 있는 국무총리를 경질하고 이회찬 감사원장을 새 국무총리로 임명하며 오히라 메모로 날아간 김종핀 대신 이회찬을 키우기로 작정한 것 같은 행보를 한다.

나중에 '대쪽'이라는 이미지로 김대준과 한판 대결을 벌이는 남자.

93년이 이렇게 넘어갔다.

나도 겨우 끝나나 싶었는데.

겨울 바다나 보러 갈까 고민하고 있을 때쯤 미국 소니 뮤직에서 마사토 다케히로 음반사업 총괄 본부장이 대뜸 한국으로 넘어왔다. 옆에 사랑스럽게 생긴 가수를 한 명 대동하고서.

"잘 지내셨습니까. 페이트."

"어서 오세요. 그런데……."

같이 온 여자를 봤다.

잘못 본 줄 알았다.

이 사람은 지금 여기에 있으면 안 되니까.

올 8월 Music Box라는 앨범을 발매, 한창 활동해야 할 가수.

수록곡이 Hero, Without You였다.

"헬로우, 페이트. 머라이어 캘리예요."

"예, 안녕하세요. 페이트예요."

가만히 있어도 통통 튈 것 같은 활력이라.

애교가 넘실댔고 미소가 무척 예뻤다. 사랑받는 법을 잘 아는 여인.

자기가 사랑받는 것도 잘 아는 그녀를 멍하니 보고 있는데 마사토 다케히로가 본론으로 들어갔다.

"캐롤 음반을 하나 제작하고 싶은데 부탁드려도 될까 해서 이렇게 찾아왔습니다."

"캐롤이요?"

"예."

"설마 이분이 캐롤을 한다고요?"

"예."

맞냐고 쳐다보니 머라이어 캘리가 고개를 끄덕였다.

"맞아요. 난 원래 캐롤은 한물간 가수들이나 녹음하는 거라 생각했는데 페이트 곡이라면 할 수 있어요."

"……."

"머라이어만의 독특한 캐롤이 필요합니다."

"페이트라면 나를 높여 줄 캐롤을 만들 수 있을 거예요."

"……."

뭐지? 다짜고짜.

겨우 캐롤 하나 의사를 타진할 거라면 전화로 해도 되지 않나?

이렇게 한국까지 올 필요가 없고 아니, 내가 거절하면 어쩌려고……. 어랍쇼. 절대 거절 못 하게 하려고 직접 달려온 건가?

머라이어 캘리를 보았다.

한창 전성기를 달리는 만큼 자신감이 하늘을 찌른다.

이런 사람을…… 그녀의 말대로 한물간 가수들이나 녹음하는 캐롤을 군이 하자고 설득해 나에게 물어보지도 않고 한국까지 데리고 왔다는 게 너무 이해가 안 갔다. 마사토 다케히로의 얼굴에 묻은 절실함도.

"마사토 상."

"예, 말씀하십시오."

"어째서 캐롤이 절실해진 거죠? 머라이어 캘리 정도면 다음 앨범까지는 무난할 텐데."

"그게 겸사겸사인 것도 있습니다."

"다음 앨범까지 부탁하려고요?"

"그게……."

잠시 곤란하다는 표정을 지은 마사토 다케히로는 이내 할 수 없다는 듯 사정을 털어놨다.

"그러니까 내 곡을 주기로 약속해 버렸다는 거네요."

"그……렇습니다. 죄송합니다."

"……."

"미리 말씀드리고 양해를 구했어야 했는데 제 독단으로 일을 처리해 버렸습니다. 사실 요즘 제 입지가 불안해져서 어쩔 수가 없었습니다."

뭔 개소린지.

"입지가 불안하다뇨? 마사토 상은 소니 뮤직을 세계적으로 성장시킨 장본인이잖아요."

"그게 페이트 외 달리 이름을 알린 앨범이 머라이어의 것밖에 없습니다. 이도 계열사 사장이 처음부터 주축이 됐고요."

"그렇다 해도 이해가 안 가는데요. 소니 뮤직이 마사토 상을 홀대할 이유가 없잖아요. 창업 공신인데."

"다른 문제도 있……습니다."

"다른 문제요?"

자초지종을 털어놓는다.

여태 나 하나 붙들고 있었다는 얘기부터…… 내가 워낙에 넘사벽이라 그동안 누구도 건들지 못했는데 슬슬 약발이 떨어지고 나니 견제가 들어오기 시작했다는 것.

듣다 보니 소니 뮤직도 라인이 좀 복잡했다.

마사토 다케히로는 일본에서부터 올라간 사람이고 새로 앉은 사장은 미국에서 잔뼈가 굵은 사람이었다.

일본파 대 미국파 간 알력이 있었고 최근 나 때문에 밸런스가 무너졌다고 한다.

'흠…….'

어떻게? 살려 줘? 말어?

감히 내 허락도 없이 지군레코드 사장을 제외시키려 한 죄도 있는데…….

"실은 몇 년 전 연락소 설치 건도 새로 부임한 CEO의 일방적 지시였습니다. 의사를 먼저 물어보고 진행하자는 저희 쪽 의견을 묵살한 거죠. 페이트 님의 심기를 불편하게 하기 위해서."

"제 살 깎아 먹기를 했다고요?"

"그렇습니다. 반대해도 소용이 없었습니다."

그래서 자기는 잘못이 없다?

"그래요?"

"이 말이 거짓이라면 지금 당장 옷 벗어도 괜찮습니다."

'······.'

이도 캐 보면 또 뭔가가 더 나올 듯싶었지만.

뭐 좋다. 지난 일이니 다 좋다.

마사토 다케히로야 사정이 있다고 치고.

머라이어 캘리는 왜 여기까지 온 걸까?

그녀를 보았다. 답은 마사토 다케히로가 했다.

"머라이어 양은 절 한 번 도와주기로 약속해서 온 것뿐입니다. 무명이던 그녀를 픽업한 건 비록 제가 아니었지만 제가 전폭적으로 밀어주지 않았다면 그래미 신인상은 없었을 겁니다."

"은혜를 갚는 거다?"

"부족하지만 그렇습니다."

그러시겠지.

"하나 물어볼게요."

"예."

"그 큰 회사에서 굳이 음반 하나 더 낸다고 마사토 상의 입지가 달라지나요?"

"달라집니다."

"달라진다고요?"

"이 일의 발단이 영화 보디가드와 애니메이션 알리딘의 OST를 빼앗긴 데서 왔기 때문입니다."

이해가 안 갔다.

보디가드야 워너브라더스가 다른 레이블과 계약했다 치더라도 알라딘은 디즈니가 소니의 계열사와 손잡았다.

"페이트 님이 참여했는데도 계약을 전부 가져오지 못했다는 문책을 받았습니다."

"예?"

"그 일로 제 관리 능력을 의심하고 질책했습니다."

"무슨 말도 안 되는……."

"절 밀어내려는 의도로밖에 생각되지 않지만, 일단은 방법이 없습니다. 이 사태를 타개할 방법은 페이트 9집이 나오는 건데 지군레코드에 문의해 본 결과 당분간은 계획이 없다 하였고 할 수 없이 이렇게 급하게 오게 된 겁니다."

나와의 유대를 증명하기 위해 머라이어 캐리도 데려오고 뭐 영끌했다는 건가?

'……'

그렇다 해도 이해가 안 갔다.

가만히 놔둬도 잘 돌아갈 회사에 어째서 괜한 피바람을 일으키는 걸까?

전성기를 달리는 소니 뮤직의 CEO가 그렇게 멍청할 리는 없을 테고 다른 큰 이유가 있을 텐데.

어쩌면 나는 핑계가 아닐까?

이런 식의 팽은 분명……!

"아아……. 혹시 미국 법인 독립을 추진 중인가요?"

"……!!!"

"맞군요. 그래서 일본색을 지우려는 거군요."

"거기까진 말씀드리고 싶지 않았는데. 정말 대단하십니다."

CEO가 미국 소니 뮤직의 독립을 원한다면 일련의 사태가 이해된다.

나부터라도 제일 먼저 일본과 연결된 라인을 제거할 테니까.

"아주 곤란한 선택을 강요하시네요. 가만히 있는 절 이용해서요."

"……죄송합니다."

일본인들의 특성이었다. 속내 감추기.

내가 페이트가 아니었다면 끝까지 모른 체했을지도 모르겠다.

하지만 결과적으로 보면 그가 잘한 일도 있었다.

눈앞, 이렇게 멋진 보컬을 내 앞으로 데려왔으니까.

"차라리 처음부터 도움을 요청하시지. 왜 이렇게 일을 어렵게 만드셨죠?"

실망스럽다는 듯 고개를 절레절레 흔들었다.

"아…… 그게……."

"하시는 걸 보면 괘씸하기 이를 데 없지만 머라이어 캘리를 보니 또 마음이 동하기는 하네요."

"그럼……?"

"두 곡을 주죠."

"두 곡이라면……?"

"한 곡은 캐롤, 또 한 곡은 95년도에 낼 것으로요. 하시겠어요?"

"하겠습니다. 하겠습니다. 무조건 하겠습니다."

"그럼 잠시 물러나 계세요. 머라이어 캘리와 할 말이 있으
니까."

"알겠습니다."

마사토 다케히로가 물러나자마자 머라이어 캘리를 보았다.

"미미라고 불러도 돼요?"

"어머, 그걸 어떻게 알았어요?"

눈이 동그래진다.

"평소 관심이 많았다면 설명이 될까요?"

"하긴 미미가 1급 비밀은 아니니까요."

'미미'는 머라이어 캘리의 애칭이었다. 최측근들만 공유하는.

그녀의 말로는 대중에게 노출된 자신과 사생활 사이에 선
을 긋고 싶어 자기들끼리만 공유하는 무언가를 만들었다고
하는데.

어쨌든 '미미' 한 방에 그녀의 빗장이 상당히 헐거워졌다는
걸 느낄 수 있었다. 아니, 오히려 더 다가왔다. 같은 비밀을
공유한 사람들끼리의 유대감이 있는 것처럼.

나도 최측근으로 인식한 건가? 뭐가 이렇게 쉽지?

"상당히 복잡한 일에 얽혔는데 괜찮겠어요?"

"난 상관없어요. 다케히로와 약속했고 지킬 뿐이에요."

"한창 바쁠 때인데도 의리를 지킨 거네요. 근데 남편도 괜찮대요?"

남편이 소속사 사장이었다.

소니 입장에서 보면 계열사 사장.

"남편은 몰라요."

"……."

"남편 토미는 나를 너무 사랑해서 문제예요. 도무지 내가 어딜 가지 못하게 하거든요."

"……예."

"몰래 왔어요. 말했으면 페이트도 못 만나게 했을 거예요."

이쪽도 문제가 있었다.

이러다 소니 쪽에 미움받는 건 아닌지.

그녀의 팬인 만큼 나도 그녀에 대한 웬만한 스토리는 알았다. 1997년 별거 사실을 밝히고 1998년 공식 이혼한다는 것쯤은 팬이라면 꿰고 있는 사실.

그녀가 밝힌 이혼 사유도 알았다.

너무 집착한다고, 공식 스케줄 외에는 외출도 못 하게 하고 짧은 옷도 못 입게 했다는 것.

다시 본 머라이어 캘리는 밖으로 나온 것 자체로도 즐거워했다. 아주 해맑게.

집순이가 아닌 건 분명한데. 어쩌나?

뭘 어쩌나냐. 그냥 해야지.

세계적인 보컬이 자기 발로 왔는데.

"미미를 보니 괜찮은 악상이 떠오르긴 하네요."

"정말요?"

"줄줄 나오는데 빨리 기록해야겠어요."

그녀를 데리고 3층 피아노 앞으로 갔다.

안 그래도 누가 왔느니 어쩌느니 소문이 돌아 웅성거리는 가운데 나와 함께 나타난 그녀를 보자 우리 아티스트들은 입을 벌리며 환호했다.

그녀도 이런 분위기를 무척 즐겼다. 천생 연예인할 팔자인 모양.

그러든 말든 카세트에 공테이프를 넣고 뻘건 버튼을 눌렀다.

함께 가져간 작은 종을 땡땡땡 울리며 인트로 시작.

피아노와 함께 내가 직접 R&B 창법으로 노래를 불렀다. 리듬을 쪼개 가며 느렸다가 빨라지는 밀당에 집중할 즈음 머라이어 캘리의 눈을 바라보며 피아노 건반을 힘차게 눌렀다.

All I Want for Christmas Is You.

겨울과 크리스마스를 상징하는 최고의 명곡.

그녀의 19번째 빌보드 핫 100 1위이자 전 세계에서 가장 많이 스트리밍된 캐롤이었다.

All I Want for Christmas Is You는 대중음악 역사상 가장 성공한 곡 중 하나로 생일 축하송과 함께 역사상 가장 유명한 노래로 거론될…… 그녀가 암흑기에 처박혔을 때도 겨울이 면 어김없이 흘러나올…… 훗날 머라이어 본인이 은퇴해도, 나이가 들어 사망한 이후에도 이 노래는 끊임없이 나올 것이 라고 극찬받을 노래가 오필승의 한 곳에서 피어올랐다.

"오 마이 갓! 이게 진짜 캐롤이에요?"

"가사가 크리스마스를 노래하잖아요."

"그러네요. 가사만 크리스마스를 노래하면 캐롤이죠."

"어때요?"

"원더풀!"

"마음에 들면 이거로 가죠."

"마음에 들어요. 신나고 행복해졌어요."

"컨셉이랑 콘티도 짜 줄 테니까 거기에 맞춰 잘 만들어 보 세요. 아마도 미미와 평생 함께할 친구가 될 것 같네요."

그러나 자기 생각에 빠진 머라이어 캘리는 내 말을 전혀 듣 지 않았다.

"보면서도 도저히 믿기지 않네요. 어떻게 이렇게 만들 수 있죠? 곡이 원래 이렇게 나오는 거예요? 페이트는 이런 식으 로 곡을 써요?"

"……예?"

"믿지 않았는데. 내 눈앞에서 이런 일이 펼쳐질 줄이야. 아 니, 원래 캐롤을 하려던 거 아니었어요?"

"예? 무슨 얘기예요?"

"너무 빨리 만들었잖아요. 이런 퀄리티를."

"아아~ 보셨잖아요. 방문하기 전까진 캐롤에 관심도 없었던 거."

"그야 그렇긴 한데. 같이 있었는데도 도무지 믿기지가 않아서……."

갑자기 설레발이다. 어떤 면에선 무례한 느낌까지.

탁 끊었다.

"그래서 문제 있나요?"

"예?"

"이 곡에 문제가 있냐고 물었어요."

"아, 아니, 그건 아니지만."

"이 곡이 싫은가요? 싫다면 다른 사람 주죠."

"아니에요. 아니에요. 내가 할 거예요."

"그럼 태도를 분명히 하세요. 왜 자꾸 그런 질문을 하시죠? 즉흥으로 만드는 거 보셨잖아요."

보는 앞에서 중간중간 멈추고 멜로디부터 가사까지 대여섯 번씩 수정 작업을 거치는 디테일을 거쳤다.

그제야 그녀도 자신이 흥분했음을 깨닫고 사과하였다.

"미안해요. 너무 놀라서 해선 안 될 말을 해 버렸군요. 전 이런 식으로 곡을 쓰는 사람을 한 번도 본 적이 없거든요."

"미미가 못 본 거면 세상에 없는 건가요?"

"아니에요. 제 실수예요."

차분히 인정하는 그녀에게 더 무슨 말을 할까.

나도 그녀의 행동이 어떤 의도가 있는 것이 아님을 안다.

따지고 보면 나에게도 행운이었다.

All I Want for Christmas Is You는 크리스마스 시즌이 올 때마다 연금처럼 나오는 곡.

2020년에도 마찬가지였고 세계는 그때까지도 이 곡을 대체할 무언가를 찾지 못했다.

더구나 내놓을 시기도 아주 적절했다.

머라이어 캘리가 크리스마스 앨범을 기획하는 건 내년 여름이었다. 녹음 부스에 들어가서도 생각나지 않던 악상이 장난감 카시오 키보드를 두드리다…… 딩딩딩딩 딩딩딩딩 떨어지는 아무 음에서 영감을 얻어 작업했다는 일화는 아주 유명했다.

"좋아요. 그럼 이 일은 일단락 짓죠."

"……."

그러나 이미 나의 말투는 냉랭하였고 그녀도 자기가 한 짓이 있는 터라 눈치를 봤다.

마사토 다케히로가 상황을 지켜보다 얼른 끼어들었다.

"사실 저도 너무 신기했습니다. 내로라하는 뮤지션들을 보아 온 눈으로서도 페이트 님의 작업은 가히 이해할 수 없는 영역입니다."

감탄.

"좋게 봐주시니 감사합니다."

"아닙니다. 제가 감사합니다. 이렇게 바로 만들어 주실 줄 몰랐습니다. 그동안 머리 싸매 가며 고민한 제가 너무 우스울 정도로요."

"마음에 든다는 거죠?"

"물론이죠. 어찌 이런 곡을 마다할 수 있을까요."

"그럼 따로 완성시켜서 보내 드릴게요. 여러 가지 첨가해야 할 것이 많아서요. 그래야 미미에게 딱 떨어질 거예요."

뿌려야 할 MSG가 참 많았다.

All I Want for Christmas Is You는 흥행에 가려져 있지만, 사실 무척 정형화된 노래였고 코드 진행도 변화랄 게 거의 없는 곡이었다. 퀄리티를 높이려면 화음도 넣고 비트도 손보고 코러스도 넣고 다 해야 한다.

"기다리고 있겠습니다. 아무렴 페이트 님이신데요."

마사토 다케히로가 전혀 이의가 없다는 제스처를 취하자 나는 머라이어 캘리를 봤다.

어떠냐고?

그녀도 곧 동의한다는 의사를 보였다.

"그럼 다음 곡으로 갈까요?"

"바로요?"

"기다릴 필요 있나요. 여기 영감을 줄 가수도 있고 피아노도 있는데."

마음의 준비 따위 기다려 줄 필요 없다.

불친절하게 피아노에 앉아 건반을 눌렀다.

다만 All I Want for Christmas Is You와는 달리 세심하면서도 부드러운 터치감으로 흐름을 이끌었다.

정통 R&B 리듬으로.

하지만 피아노만으로는 부족하다.

할 수 없이 드럼을 불렀다. 시나윈의 드러머가 자리를 잡았다.

"이번 곡은 R&B 발라드인데요. 다른 건 말고 박자만 잡아주세요. 64비트 정도 될 거예요."

"굉장히 느리네요."

"누굴 염두에 뒀거든요. 이 곡은 순전히 가창력으로만 승부할 거예요."

"알겠습니다."

다시 연주가 시작됐다.

드럼은 내가 원하는 만큼 정확한 비트를 맞춰 줬고 단지 그것만으로도 피아노 한 대의 운영보다 훨씬 더 분위기가 살았다.

머라이어 캘리를 봤다.

"이 곡은 듀엣이에요. 상대는 Boyz II Men을 생각하고 있고요."

"예?"

"웬만하면 Boyz II Men이랑 부르라는 뜻이에요."

"아, 예."

인트로가 지나가자마자 Boyz II Men을 대신해 내가 들어 갔다. 그들의 파트가 지나가고 머라이어 캘리에게 눈짓을 주며 네 파트라 알려 줬다. 이 역시도 내가 불렀다. 합창 부분은 어쩔 수 없이 나 혼자만.

One Sweet Day(feat. Boyz II Men)였다.

컨템퍼러리 R&B 장르라 불리는 곡으로 빌보드 핫 100에서 휘트니 휴스턴을 꺾고 핫샷 데뷔, 무려 16주 1위라는 23년 동안 깨지지 않을 위업을 달성한 곡이다.

이도 총 예닐곱 번의 수정 작업을 통해 하나로 만들어 보였다.

"어때요?"

"……."

"……."

"……."

"……."

"……."

"……."

"……."

"……."

"별로예요?"

"아, 아니, 그게…… 늘 이런 식으로 작업하십니까?"

마사토 다케히로였다.

대답 대신 주변을 보여 줬다.

"보세요. 감탄해도 경악한 사람은 없잖아요. 다들 익숙한 거죠."

"아아……. 그렇군요. 정말 그렇군요."

88 올림픽 기념 앨범도, 7집 : oasis도 그렇고 수많은 곡이 여기에서 탄생했다.

김건몬의 '핑계'도 그랬다. 다른 가수의 곡들도 그랬다.

모두 이곳에서 즉흥 편곡에 들어갔다. 내가 피아노 앞에 앉으면 으레 오필승의 아티스트들은 누군가의 앨범이 나오는 거로 판단할 만큼.

얼떨떨해하는 머라이어 캘리에게 다가갔다.

"이 노래는 누군가를 잃은 사람을 위해 만들었어요."

"예?"

"고통이라도 덜어 줄 수 있게…… 아실지 모르겠지만 우린 가까운 사람을 잃었을 때라야 삶이 변화되고 관점이 바뀌는 걸 경험해요. 미미는 이런 경험 없어요?"

"아……."

왜 없을까.

머라이어 캘리의 여동생은 1988년 HIV 진단을 받는다.

그렇기에 자기 아기를 돌보지 못했고 형제간의 관계도 망쳤다.

에이즈가 원래 그랬다. 이때는 걸리는 순간 전부 죽는 줄로만 알았으니.

"그래서 제목이 One Sweet Day예요."

"앨리슨……."

머라이어 캐리는 눈물을 보이고야 말았다.

마사토 다케히로는 그런 그녀를 데리고 돌아갔다.

나는 막 태어난 두 곡을 완성본 수준으로 끌어올려 보내 줬다.

발매 시기도 적어 줬다지만 모르겠다. 제대로 따를지.

안 따라도 할 수 없고.

어쨌든 1993년은 이렇게 마무리되었다.

◇ ◆ ◇

1집 100만.

2집 30만.

3집 50만.

4집 100만.

5집 70만.

6집 50만.

7집 200만.

8집 50만.

판매고 650만 장. CD 매출.

매출액 5,800만 달러.

뮤직비디오 정산 2,700만 달러.

93년 하반기 정산이다.

8,500만 달러 매출이나 고스란히 수익으로 잡아도 무방한 금액.

한창 잘나갈 때와는 비교도 할 수 없는 숫자이나 여전히 우리가 잘하고 있다는 증거이기도 했다.

그렇잖나.

반년 만에 이 금액을 수익으로 남기려면 자동차를 대체 몇 대나 팔아야 하고 또 얼마나 많은 옷감을 짜야 할까.

그런 면에서 문화 사업은 참으로 유망하였다.

"으응?"

"왜 그러시죠?"

오랜만에 김연이랑 함께 우리 집에서 저녁 먹었다.

올해도 여전한 아메리칸 뮤직 어워드 참석에 대한 이야기를 나누고 있는데 TV에서 아주 익숙한 멜로디가 들렸다.

마지막 승부.

슬램덩크와 함께 90년대 농구 붐을 일으켰던 대작이 마침내 나왔다.

그러나 반가움보단 눈살이 먼저 찌푸려졌다.

이 곡도 어떤 곡과 비슷하였다.

92년도에 발표된 Terada Keiko의 Paradise Wind.

"저거 표절 같은데요?"

"예?"

"방금 저 OST요."

"저 드라마 OST가 표절이라고요?"

"회사 일본 서재에 가면 92년도 작에 테라다 케이코 노래가 있어요. 그거 살펴보면 금방 알 수 있어요."

"허어⋯⋯."

"코드를 전부 따다 썼어요. 멜로디만 살짝살짝 바꾸고요."

"그렇습니까? 이거 첫 방영 같은데 큰일입니다."

"큰일이죠."

최고 인기 드라마답게 OST도 대박 난다.

많은 사람이 부르고 다녔고 나도 그런 사람들 중 하나였다.

그러고 보니 조금 있으면 노래방이 전국적으로 깔릴 텐데. 지금도 슬슬 깔리는 중이려나?

나의 첫 노래방에 대한 기억은 이랬다.

한 곡당 500원.

코인 노래방이 시작이었고 나중에 시간제로 바뀐다. 시간제로 바뀌기 전까진 노래를 중간에 끊는 것이 불가능했다. 돈 아까우니까.

어쨌든 마지막 승부는 내게 추억이었다. 다슬이를 좋아했고 본체만체하던 농구공을 잡게 만들었고 쉬는 시간이나 점심시간만 되면 농구장에 가게 하였다.

"황갑철 심의 위원장에게 알려 주세요. 어차피 이 정도면 시청자들도 알 거예요."

"지금 바로 말입니까?"

"예."

실제로 방영 초기에 시청자 제보가 이어지고 제작진은 급히 수정 버전을 만든다. 그다음부터는 곡이 예전 같지 않아진다.

"안타깝네요. 차라리 Paradise Wind 저작권자에게 돈을 주고 코드를 따왔더라면 표절 시비에서도 자유롭고 오히려 새롭게 편곡한 거라 일본에서도 화제가 되었을 텐데."

"멍청한 짓에는 대가가 따라야겠죠. 알겠습니다. 바로 전화하겠습니다."

김연은 황갑철에게 전화했고 뭐라 한참을 떠들었다.

다음 날 되어 어떤 조치가 취해졌는지 들을 수 있었다.

황갑철이 드라마 측에 점잖게 표절임을 밝히자 한바탕 소동이 일었다고.

월화 드라마 특성상 화요일 방영분까진 어쩔 수 없이 내보냈고 즉시 작곡가를 소환, 사실 여부를 알아본 다음 황갑철의 권유대로 일본에 연락해 저작권을 사 오는 쪽으로 가닥을 잡았다고.

표절한 작곡가는 이름이 삭제, 일본인의 이름이 올랐고 이것이 또 논란이 되자 제작사 측은 급급 해명하느라 바빴다.

나는 아주 잘된 일이라 봤다. 당장은 괴로울지라도 두고두고 남을 오명을 씻는 순간이니까. 남들은 잊어도 자기는 못 잊잖나. 양심의 가책마저 이겨 내는 소시오패스라면 모르겠지만.

"올해 일정도 역시 애매합니다."

"그렇네요."

아메리칸 뮤직 어워드가 2월 7일에 열리고 그래미 어워드는 3월 1일에 열린다. 장소도 LA와 뉴욕.

"이 정도면 거의 의도적이라 볼 수 있겠는데요."

"확실히 우리 입장에선 그렇게 보이긴 하죠."

"그래도 가야겠죠?"

"이젠 안 가는 게 어색할 지경입니다."

"큰일이에요. 매년 학기 초를 이런 식으로 보내는 건 좀 아닌데."

"너무 유명해지셔서 생긴 부작용이니 감수해야죠. 일생에 한 번 오르기도 힘든 시상식에 밥 먹듯 오르지 않으십니까?"

"에휴."

"아 참, 클리니아 이스테티코에서 연락이 왔는데요."

"예."

"Street of Philadelphia가 선전하고 있답니다. 잘하면 주제가상도 노려볼 만하다고요."

"잠깐, 잠깐만요."

"왜 그러십니까?"

"그 영화 언제 개봉했죠?"

"작년 말입니다."

깜빡하고 있었다.

작년 김영산이 금융 실명제로 지하 금융의 목줄을 탁 틀어

쥘 무렵, 내 곡을 쓰고 싶다며 할리우드 제작사에서 제안이 하나 들어왔다.

영화 필라델피아.

Street of Philadelphia를 콕 찍었다는 보고에 고개를 끄덕였는데. 얘도 아카데미 시상식에서 베토벤 2, 시애틀의 잠 못 이루는 밤과 함께 노미네이트되고 주제가상을 거머쥔다.

즉 3월 어느 때인가 열릴 아카데미 시상식에도 참가해야 한다는 것.

"아이고야, 아카데미는 또 언제 열리죠?"

"3월 말쯤으로 예상한답니다."

퐁당퐁당. 시상식이 좀 몰려 있으면 안 되나?

"2월 7일, 3월 1일, 3월 말."

"아아…… 그렇군요. 너무 강행군인데요."

"하나라도 빠지면 안 되겠죠?"

"그랬다간 말들이 튀어나올 겁니다. 하하하하하하."

김연도 어이가 없는지 웃는다. 나도 웃었다.

고생하라며 내 어깨를 토닥여 준다. 김연도 어느새 시상식 참가에 의미를 두지 않는 경지에 이르렀다.

"이게 다 너무 잘나서 생긴 일 아닙니까. 수상 소감이나 미리 준비해 두시죠. 학교 문제는 제가 미리 양해를 구해 놓겠습니다."

"하아……."

밤이 되어 하루를 정리하는 와중에 뜻밖의 손님이 찾아왔다.

신 비서였다.

"어서 오세요."

"오랜만입니다."

작년 꽤 많은 고초를 겪어 걱정했는데 한껏 심유해진 눈빛이었다.

할머니는 서둘러 다과상을 차렸고 같이 앉아 지난날을 회상하다 대화를 시작했다.

"요즘은 어떠세요?"

"건강하십니다. 형 집행 후 오로지 무사 출소만 바라보고 계십니다."

1993년 2월 25일.

김영산의 대통령 취임사를 끝으로 모든 공식일정을 마친 노태운은 자수하는 형식으로 검찰에 출두했다.

자수한 데다 도주 우려가 없고 전직 대통령이었던 것을 감안해 예우 차원으로 수갑은 차지 않았지만, 구치소 복을 입은 그를 본 국민은 큰 충격을 받았다.

정말 약속을 지킨 것.

지키지 않아도 누가 뭐라 할 수 없는 거대한 업적을 쌓은 대통령이 진짜로 범죄자 신분이 된 것이다.

그래서 한동안 모든 시선이 법정에 쏠린 적도 있었다.

지지자들이 떼거리로 몰려와 법원 앞에서 무죄를 외쳤고

뉴스에서도 김영산의 새로운 정책보단 노태운의 공과 과를
재조명하여 알리기에 바빴다. 검찰도 그의 재산이 대통령 선
출 전과 다를 게 없음을 파악하며 뇌물죄는 아예 기소 항목으
로도 넣지 않았다.

두 달 걸렸다.

똑 떨어지는 3년형으로 결론지었고 항소는 없었다.

5월부터 형 집행. 신 비서는 지금까지 옥바라지 중이다.

"고생 많으시네요."

"아닙니다."

"어떠세요?"

"오히려 의욕적이십니다. 무거운 죄를 겨우 3년형으로 맞
바꿨으니 수지맞는 장사라고요."

"······그렇군요."

"오늘 찾아온 이유는 다른 게 아닙니다."

"······."

"첫날 이후 한 번도 들여다보지 않으셨더군요."

"······."

면회하지 않는 건 약속된 사항이니 그걸 말하는 건 아닐 테고.
청운 무역인 것 같았다.

그들이라면 간단했다.

"제 것이 아니잖아요."

"대우 군을 위해 준비한 겁니다."

113

"그 얘기는 끝난 거로 아는데요."

"저도 얘기는 들었습니다만……."

"애초 약속이 제 요청을 들어주시면 노후는 책임진다는 거였어요. 그 노후에 그들이 포함된 것뿐이죠."

"……."

"……."

"……."

"……."

"필요할 겁니다."

"알아요."

"아시는군요."

"저보단 더 필요하신 분이 계시죠. 이제 보통 사람이 되셨으니 소일거리가 필요하잖아요. 그렇게 생각해 주세요."

"……."

"저는 그뿐이에요."

"그 많은 돈을 지원하면서도 말입니까?"

올해도 100억이 들어갔다.

"100년이라도 해 드릴게요."

"허어……."

고개를 절레절레. 결국 신 비서는 두 손 들었다.

"안 될 거라 말씀하시긴 했는데 확고하시군요."

"그래도 신 비서님이랑은 달라요."

"그런가요?"

"사귄 시간이 있잖아요."

"듣기 좋습니다."

"오래 같이 지내요."

"이거……. 청운 무역을 들고 왔다가 제가 인정을 받는 것 같습니다."

"전해 주세요. 기다리고 있다고."

"기뻐하실 겁니다."

"저도 두 분을 만나는 건 기뻐요."

"……감사합니다. 끈 떨어진 연일 텐데……."

말을 끊었다.

"누가요?"

"……."

"제가 있잖아요."

"……그렇군요. 말실수했습니다."

"분리하지 마세요."

"그렇군요. 이것이었군요. 두 분 관계의 원천이 어디에서 비롯된 건지."

"칭찬이네요. 요 며칠 출장 가는 것 때문에 골이 아팠는데 힘이 나요."

"그러십니까?"

"그리니 신 비서님도 함께요."

115

눈이 마주쳤다.

신 비서가 미소 짓는다.

"알겠습니다. 늦었으니 저는 이만 물러가겠습니다."

"다음에 만날 때는 제가 대학생이겠네요."

"아마도 그럴 겁니다."

"그때는 좋은 곳에서 만나요."

"기대하고 있겠습니다."

신 비서는 돌아갔다.

올 때보다는 한결 가벼워진 발걸음으로.

나도 모처럼 좋았다.

83년 회귀 후 지금껏 지내 왔던 시간이 주마등처럼 지나가는 것 같고…… 그리고 보면 이 사람들에게 도움도 참 많이 받았다.

"같이 위기도 많이 넘겼는데. 어느새 여기까지 왔네."

씨익 웃고 있는 사이 며칠이 지나갔다.

어수선한 가운데 좋은 소식이 하나 귀에 들어왔다.

한양대 출신 투수 한 명이 LA 다저스 구단에 입단한다고.

코리안 특급.

그가 다저스 유니폼을 입고 사진 찍은 장면이 전국에 뿌려졌다.

재밌었다.

그가 TMI 수다쟁이인지 아는 사람이 있으려나? 미국 간 지 두 달 만에 말끝마다 암~ 하며 혀를 굴리다 욕먹는 것도, 또 장가간 처가가 엄청난 재벌이라 상견례 때 '돈은 별로 없지만, 애는 착하더라.'라는 소리를 듣게 되는지도 모를 것이다.

그러나 영웅이었다.

IMF 시절, 한창 패배감에 젖은 우리에게 세리 팍과 함께 희망과 자부심을 줬으니까.

"선영 그룹이 한국 이동 통신 주식 23%를 인수하고 대주주로서 민영화를 단행하겠다고 하네."

"예."

"그냥 '예'야?"

"예?"

"뭐라도 해야 하는 거 아니야?"

"뭘 해요?"

"지금 주식 시장이 난리 났어. 한국 통신이 인터넷 서비스를 준비 중이라는 얘기도 있고."

"예."

"다 우리와 관련된 거 아니야?"

모처럼 이학주가 왔는데 시작부터 분통이다.

다 아는 얘기였다.

한국 통신의 헛발질 인터넷 서비스도 그렇고 선영 그룹의 한국 이동 통신 인수도 역시 그런 측면에서 마음에 두지 않았다.

발 담그려 했다면 진즉부터 움직였을 것이고 저렇게 놔두지도 않았을 테니

2만 원대에 있던 한국 이동 통신이 쭉쭉 올라도 나는 오로지 은행 주와 자동차, 전자, 중공업 주만 몽땅 사들이기 바빴다.

"우리와 관련된 분야긴 한데. 먹을 게 없어요."

"먹을 게 없다고?"

"정부랑 해서 몇몇 기업이 독식한 회사들이에요. 아무리 잘 얻어도 15% 내외일 텐데 기술 퍼 주면서 사업하고 싶지 않아요."

"이해가 안 가네. 로열티 사업이 주축 된다 하더라도 지분을 가지고 있는 게 더 유리하지 않아?"

"맞아요. 맞긴 한데. 그러려면 정부랑 기업체들이랑 얽혀야 하잖아요. 귀찮아서요."

"그런가? 하긴 여기저기 떡값도 돌려야 하고 딴지 거는 놈도 생기고 피곤하긴 하지."

"저들은 어차피 우리에게 와야 해요. 놔두면 알아서 와서 제안할 테니 그때 생각해 보면 돼요. 무선 통신 분야와 데이터 통신 분야에서 우리 오필승을 빼면 일본 기술을 써야 하는데 그걸 국민이 놔둘까요?"

"그러네. 그럼 한국 통신은?"

"한국 통신이 뭘 개발하고 있었는지는 진즉 알고 있었어요. 근데 그거 아세요? 그 통신망 잘못 쓰면 전화세만 수십만 원씩 나올 거예요. 이도 나중에 우리 ADSL이 나오면 시장이 쏠릴 거예요."

"장 총괄은 다 계획이 있구나."

이학주가 안심이라는 듯 고개를 끄덕였다.

"계획이라기보다 이쪽은 이미 우리가 평정했다는 뜻이에요. 미국과 유럽이 멍청해서 복기-1을 무선 통신 표준으로 삼은 게 아니잖아요. 복기-2도 있고. ADSL도 지금은 무쌍이고."

"그러네. 내가 괜히 설레발쳤어."

"고문님은 사 두는 게 좋겠죠. 제 보기에 15만 원 선까지 무난히 오를 것 같은데."

"그래?"

눈이 번쩍.

"더 놔두면 30만 원도 가겠죠. 다만 명심하실 건 주식은 똘똘한 놈으로다 사서 20년, 30년 묵혀 둘 생각으로 해야 한다는 거예요."

"엥?"

"주식은 땅과 주택보다 더한 장기 레이스라는 거죠. 어떤 위기가 오든. 아니, 위기가 오면 더 좋죠. 떨어진 주식을 살 수 있으니. 싸게 살 기회잖아요. 그런 식으로 하는 게 주식이에요."

"……넌 전혀 다른 얘기를 하는구나. 다들 무릎에서 사서 어깨에서 팔라고 하던데. 계란은 여러 바구니에 나눠 담으라고도 하고."

일반적인 얘기였다.

시중에 나온 주식과 관련된 책자들 대부분이 여기에서 벗어나지 못했다.

119

"그러니까요. 그 무릎을, 그 어깨를 누가 어떻게 안다는 거죠? 그걸 알면 전부 주식왕이 되게요?"

"……그러네."

"안 망할 것 같은 놈 잡다가 자녀분들 집 한 채 해 줄 작정으로 하는 게 제일 좋아요. 아예 잊어버리는 거죠."

"그럼 장 총괄은 어떻게 된 거야? 나도 정 대표한테 다 들었다고. 아주 귀신이라던데."

DG 인베스트의 실적을 들은 모양.

이도 대답은 아주 쉬웠다.

"저는 특별하잖아요."

"……!"

"고문님은 일반인이시고."

"…….."

"더 얘기해 드려요?"

"그만. 그만해도 되겠어. 아무튼 나 같은 일반인은 그렇게 하는 게 답이라는 거지?"

"예."

고개를 절레 흔들며 돌아가는 이학주의 뒷모습을 되새기며 미국으로 날아갔다.

Chapter 91

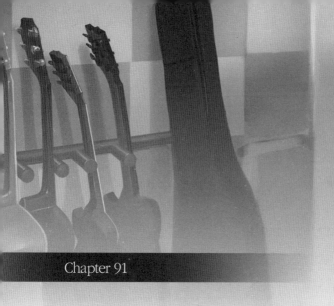

Chapter 91

결론적으로 말해 31일에 열린 아메리칸 뮤직 어워드는 영화 보디가드 OST가 휩쓸었다.

이날 LA 슈라인 오디토리엄은 오로지 보디가드 OST를 위한 장소였고 I Will Always Love You를 위한 공간이었다.

오랜만에 만난 휘트니 휴스턴은 미소를 감추지 않았다. 최전성기를 달리는 디바답게 보컬도 완숙의 지경으로 접어들었고 내 이름값이 들어간 OST 앨범은 본역사의 상승 곡선을 뛰어넘어 1년 사이 1,500만 장이라는 판매고를 올렸다. 지금도 판매가 쑥쑥.

영화도 완벽히 집계되지 않았지만 이미 4억 달러를 넘겼다는 얘기가 돌았다. 지금도 절찬 상영 중이고.

대성공.

하지만 휘트니 휴스턴과 함께한 시간은 길지 않았다.

그녀는 재작년 나와의 사건을 잊지 않았고 아직까지 평안
한 결혼 생활을 두며 눈빛으로 나에게 유감을 표시했다.

할 수 없지 뭐.

행사를 마치고 시간이 남은 나는 시애틀에 들려 빌 게이트
와 하워드 슐츠을 만나고 한국으로 돌아왔다. 12억 달러란
엄청난 배당금과 함께.

한국도 시끄러웠다.

나의 미국행도 어쩌면 징크스에 들어가는지 미국에만 다녀오
면 꼭 시위가 벌어졌다. 농민·학생 2만여 명이 우루과이 라운드
재협상과 국회 비준 거부를 요구하며 트랙터를 끌고 상경, 서울
대학로에서 '전국 농민 대회'를 개최하며 자기 목소리를 높였다.

내가 몸담은 가요계도 엎치락뒤치락 바빴다. '신인류의 사
랑'이 물러가고 수와 준 이후 처음 나온 1위 듀엣이라는 마스
터 투가 '하얀 겨울'로 인기를 끌었다.

그들도 3주밖에 버티지 못했고 곧바로 추격한 김건몬의
'핑계'가 레게가 대세인 세계 추세에 맞게 가요계를 장악하며
골든컵을 향해 나아갔다.

'핑계'가 가요계에 남긴 업적은 지대했다. 이후 룰랄, 투툰,
임종한 같은 가수가 나온 계기도 결국 레게의 가능성 즉 핑계

 핫ᄒ ᄆᆝ이라이프 12

가 성공한 것에서부터 기인한 것이니.

그럴 즈음 나는 또 뉴욕으로 날아갔다.

제36회 그래미 어워드가 열리는 라디오 시티 뮤직 홀로 고고씽.

모두가 보디가드 OST의 수상을 점치는 가운데 정말로 페이트란 이름이 또 그래미 제너럴 필드를 휩쓸어 버렸다.

재밌는 건 Record of the Year를 I Will Always Love You가 수상하고 Album of the Year마저 보디가드 OST가 수상했건만 Song of the Year는 또 알라딘의 A Whole New World가 수상했다는 점인데.

다 내 것이 됐다.

작년에 그랬던 것처럼 에릭 클랩튼이 세 부문 전부에 나와 똑같이 나에게 상을 전달해 주었다.

다음 날 언론은 이 장면을 이렇게 서술했다.

【페이트, 잠시 빌려준 영광을 돌려받다】

【민들레는 영화에서조차 꽃피운다】

【워너브라더스와 디즈니의 현명한 선택. 페이트는 언제나 옳다】

【페이트, 재능의 영역을 넘어서다. 그는 이미 거장이며 거장으로서 손색이 없다】

모처럼 뉴욕행이라.

클린턴 대통령이 주최하는 파티에 잠시 참석 후 DG 인베스트의 식구들과 보너스 파티를 열었다.

그러다 또 66회 아카데미 시상식이 3월 21일에 열린다는 소식을 들렸다.

애매하였다.

이대로 뉴욕에 머물며 버텨 볼까란 마음도 들었건만 나는 고2 학생.

며칠 비우는 건 괜찮더라도 한 달 단위로 빠지는 건 문제가 컸다.

돌아가려 짐을 싸고 있는데.

밤에 호텔로 정홍식과 메간과 라일리가 찾아왔다.

왜냐고 쳐다보니 정홍식과 메간이 라일리를 봤다.

"저기……. 그게……. 꽤 괜찮은 아이템을 찾은 것 같아서요."

머리를 긁적긁적.

라일리가 내 앞에 나선 건 또 처음이라 친절하게 받아 줬다.

"괜찮은 아이템이 있어요?"

"얼마 전 스탠퍼드에서 디렉토리 검색 서비스를 개발했는데 연락이 와서 가 봤습니다."

스탠퍼드라면 캘리포니아에 있는 대학교.

미국 대학 입시 전문기관 프린스턴 리뷰(Princeton Review)에서 매년 발표하는 꿈의 학교(Dream school) 순위에서 부동의 1위를 지키는 대학.

동부 뉴욕과는 극단적 위치였다.

엉덩이 무거운 라일리가 그런 곳까지 다녀왔다는 건가?

뭐지?

"살펴보니 웹 사이트를 주제별로 분류할 수 있는 소프트웨어더라고요. 웹 사이트로 데이터베이스를 만들고 그것을 웹 페이지에 구현해 보기 편하게 해 놨던데 다시 살펴봐도 사업성이 좋아 보였습니다."

"디렉토리라면 웹 페이지를 나열했다는 건가요?"

"맞습니다."

"검색 서비스라고 했죠?"

"예, 이름이…… 그러니까 야후라고 하더라고요."

띵

"예?"

"야후라고 이름 짓겠다고 했거든요. 지금쯤이면 시험 가동이 끝났을 겁니다."

내 알기로 야후는 웹상에서 박사 논문 작성에 필요한 정보가 있는 사이트들을 찾아보기 쉽게 분류, 목록을 만들었던 것이 그 시작이라 했다.

제리 양과 데이빗 필로 두 사람의 개인적인 필요에 의해 만들었던 웹 사이트 리스트가 뜻밖에 스탠포드 대학생들의 폭발적인 지지를 얻으며 세상에 드러난 것.

야후야 다른 작품에서 워낙에 많이 다루었던 소재라 새삼스러울 것도 없는데 그게 이 시점인지는 몰랐다.

더구나 정반대편 뉴욕에 있는 라일리에게 선이 닿을 줄은.

"라일리는 이 건을 어떻게 알았어요?"

"제 친척이 스탠퍼드에 다니고 있습니다."

똑똑한 집안이구나.

"자연 과학 대학에 진학 중인데 거기 전자 공학과에서 깜짝 놀랄 무언가를 개발했다고 해서 연락이 왔습니다. 아니, 사실은 제 사촌이 개발자들에게 DG 인베스트를 소개했습니다. 마이크로소프트사에 대해서도 그렇고 무선 통신 사업도 그렇고 상생하는 투자사라고요. 연결해 준 거죠."

"……."

운이 좋은 놈은 뒤로 넘어져도 금덩이를 줍는다더니.

"그래서 만나니 어떻던가요?"

"다들 얼떨떨해했습니다. 이러려고 만든 게 아닌데…… 같은 느낌으로요."

"음……."

"스탠퍼드 내에서도 압도적인 인기라 서버가 다운된 게 한두 번이 아니라고 합니다. 그 주기가 점점 빨라지고요. 사촌이 이럴 바엔 투자받아서 제대로 키워 보는 게 어떠냐고 제안을 해 버린 겁니다."

"라일리는 깔아 놓은 판에 낀 거고요?"

"예."

"너무 솔직하네요. 적당히 버무려도 될 텐데."

"하하하하하, 라일리 이 친구가 이렇습니다. 저도 들어 보니 꽤 괜찮은 아이템 같아 잡아 볼까 하는데 어떠십니까?"

정홍식이 끼어들었다.

그를 보는데.

이것도 운명인가 싶었다.

"대단한데요. 스탠퍼드."

"……?"

야후에, 구글에, 나이키에, 빅토리아 시크릿에, 페이팔에, 엔비디아에, 썬 마이크로시스템에, 넷플릭스에…… 세계를 좌지우지하는 역량들을 수두룩하게 배출해 낸 지식의 요람.

학계는 물론 문학계, 스포츠계, 정계 등등 미국 요소요소에 뻗치지 않은 네트워크가 없었다.

"라일리가 해 보세요. 야후가 계속 뻗어 나갈 생각이 있다면 늘 하듯, 그들의 경영 철학을 최대한 존중해 주고요."

"정말입니까?"

"원래 계약은 정신없이 쳐 대 놓고 하는 거예요. 압도적으로. 대표님."

"예."

"노하우를 알려 주세요. DG 인베스트가 일하는 방식을요."

"걱정 마십시오. 어떤 친구들인지는 몰라도 혼을 쏙 빼놓겠습니다."

끝.

"더 보고할 일 없으면 파티를 진행할까요? 아 참, 그 사촌에게도 기회를 주세요. 입사하고 싶다면 당장 이력서 들고 오라고요."

"오오, 기다리던 말씀입니다."

"20일쯤에 LA에 다시 가야 하는데 그때 스탠퍼드에 들를 수 있을까요?"

"하하하하, 그때까지 싹 끝내 놓고 기다리겠습니다. 마중은 라일리가 해도 될까요?"

"메간이랑도 다 같이 오세요. 원한다면 아카데미에 같이 참석하죠."

메간이 환호를 질렀다. 라일리는 얼떨떨.

정홍식만이 정신 차리고 직원들을 인솔, 파티장으로 향했다. 이때도 나는 소다수로만 목을 축였다.

조금만 기다리자.

내후년이면 나도 성인. 알콜 제약이 풀린다.

"왔구나."

"좀 늦었습니다."

"됐다. 몰랐던 것도 아니고 그래미 수상까지 하고 온 사람인데. 어서 들어가라. 고생했다."

"예."

한국으로 돌아오자마자 학교부터 갔다.

교무실에서 2학년 담임 선생님을 처음 만났고 며칠 늦긴 했지만, 같은 반 친구들도 만나 인사를 나눴다.

어색한 건 없었다.

죄다 반포 국민학교, 반포 중학교 테크를 타던 애들이라 익숙했고 나도 모르는 얼굴이 없었다.

고등학교 2학년을 찍은 나는 현재 키가 188cm. 뼈만 남은 188cm가 아니라 중학교 때부터 본격적으로 시작한 운동으로 온몸이 흉기인 188cm.

소위 껄렁껄렁대는 애들이 있다 하더라도 몇 정도는 술이 식기 전에 해치우는 게 가능했다.

더구나 1학년 때부터 이름을 날린 성적은 자존심 강한 선생님들마저 혀를 내두를 만큼 강렬했고 굳이 백은호가 아니더라도 내 주위는 날 보호하기 위한 시스템이 상시 가동 중이었다.

내 일상은 이렇듯 간단했다.

공부만 하면 된다.

그러나 내 주위는 나처럼 간단하지 않았다.

"선영이 접촉해 왔다고요?"

"예, 복기-1을 쓰고 싶다고 합니다."

"한국 이동 통신을 먹자마자 바쁘네요."

"그들로서도 빠른 게 좋겠죠."

고등학교라면 으레 하는 야자도 나는 열외.

정시에 끝나자마자 가방을 싸며 주변의 부러움을 샀다.

어깨가 으쓱.

회사로 출근했더니 정복기가 사무실에서 기다리고 있었다.

"인터넷 사업도 함께 검토 중이라 했습니다."

"다 묶자는 건가요?"

"ADSL의 가능성을 알아본 거죠."

"그건 그렇고 한국형 무선 통신 표준을 선정하지도 않았는데 대뜸 복기-1을 쓰겠다는 건가요?"

"이미 네트워크가 형성돼 있었습니다. 합의점에 도달하면 당장에라도 시작할 수 있을 만큼요."

"하긴 한국 이동 통신의 대주주가 정부였죠?"

"예."

정·재계가 요리조리 얽힌 게 많다 보니 일이 풀릴 때는 속도감이 거의 메가급이라.

어떻게 할까나.

패키지로 가? 말어?

가볍게 물어봤다.

"대표님 판단은 어떤가요?"

"저야 복기-2를 밀고 싶긴 한데. 세계적 대세를 무시할 수도 없기도 합니다."

으응?

원하는 대답이 아니다.

아니, 솔직히 말해 깜짝 놀랐다. 적어도 오필승 테크의 대표라면 이런 식으로 대답해선 안 된다.

"이상하네요. 왜 복기-1이죠? 복기-2는 복기-1을 호환하잖아요."

복기-1에서 복기-2로 넘어가는 건 안 돼도 복기-2에서 복기-1으로 넘어가는 건 가능했다. 원래 한 뿌리에서 나온 기술이고 상위니까.

하지만 정복기는 개발자이자 CEO이면서 전혀 다른 말을 하였다.

게다가 의문을 표하자마자 바로 반론을 하였다.

"그렇습니다만 우리나라로 들어오는 외국인을 생각 안 할 수가 없습니다. 무선 통신이 복기-1으로 세계적 통합을 이루는 가운데 한국만 빠져선 곤란하겠죠."

"……."

"……?"

아무래도 이상했다.

"하나 물어볼게요."

"예."

"한국에 들어오는 외국인을 생각해야 한다고 했는데 왜 우리가 그들을 생각해야 하죠?"

"예?"

"전체가 다 하나의 통신망을 이용한다는 차안은 아주 좋아요. 그건 어차피 이뤄질 일이잖아요. 복기-3가 나오면."

"아…… 예."

"즉 지금은 복기-2를 밀 때 아닌가요?"

"……."

"잊으면 곤란해요. 복기-2의 우수성이 입증돼야 복기-3도 환영받아요."

"……."

실망이었다.

마냥 믿고 놔두면 안 되겠다는 마음이 번뜩 들 만큼.

확실히 정복기는 이쪽 면에서 재능이 없었다.

'아무리 그래도 차려 놓은 밥상을 못 먹을 정도였다니.'

"안타깝지만 이 일은 제가 나서야겠네요."

"……죄송합니다. 제 생각이 짧았습니다."

무거운 얼굴로 고개를 숙인다.

"괜찮아요. 우리끼리 늘 이렇게 교차 검증하잖아요. 오류를 줄일 수 있게. 이도 같아요. 누구의 잘못보단 대화 속에서 문제점을 발견한 거로 보세요."

"……예."

"기죽지 마세요. 누가 뭐래도 오필승 테크의 핵심은 대표님이에요."

딴에는 위로한다고 했다지만.

고개를 더 푹 숙인다.

귀에 닿을 만한 위로가 아니긴 했다. 국가 단위의 기간산업을 목전에 둔 상태에서 제대로 일을 하지 못했으니.

결국 정복기는 긴 한숨으로 마음을 표현했다.

"사실 제가 대표 자리에 어울리지 않는다는 건 진즉 알고 있었습니다."

"……."

"경영은 제게 너무나 어렵습니다. 연구할 때만큼 열정도 솟지 않고요. 그래서 더더욱 휘둘리는 것 같습니다."

"……."

"총괄님, 이제부터 연구소에만 있으면 안 되겠습니까?"

"……."

"부탁드립니다. 총괄님."

또 고개를 숙인다.

'고작 이런 일 때문에 대표 자리를 내려오다니'라는 살짝 거부감이 들기도 했지만, 일리가 없는 말은 아니었다.

지금은 강력한 리더가 필요할 때.

"알겠습니다. 연구에만 집중할 수 있도록 환경을 조성해 드릴게요. 너무 쭈그러들지 마세요. 잘못한 거 하나도 없으세요."

"총괄님……."

"혹시 염두에 둔 사람이 있나요?"

"이형준 경영 실장이 적합할 겁니다. 전 그의 조언을 반의 반도 못 따라가고 있습니다."

"그럼 이 건은 그룹 회의를 통해 진행하는 거로 할게요. 괜찮죠?"

"물론입니다."

정복기는 이렇게 오필승 사장단에서 스스로 물러났다.

인사 개편이 이뤄졌고 그 때문에 한국 무선 통신 표준 선정에 대한 논의도 뒤로 밀렸다.

다시 날짜가 잡혔고.

한국 전자 통신 연구원(ETRI)과 앞으로 정보통신부가 될 체신부, 민간 사업자들이 합동 개최하는 한국형 무선 통신 표준 회의에 나는 새롭게 임명된 이형준 대표와 함께 참석하게 되었다.

"……."

그렇게 나는 자리에 앉자마자 정복기가 왜 그런 선택을 할 수밖에 없었는지 알게 되었다. 어째서 그리도 실망스럽고 바보 같은 대답을 할 수밖에 없었는지 말이다.

논의하는 자리가 아니었다.

자기들끼리 답을 정해 놓고 그것을 언제 공표할지 또 어떤 식으로 풀어 갈지에 대한 협의였다.

도저히 끼어들 틈이 없었다. 오필승은 그저 기술만 빌려주는 형식만 띨 뿐 꿔다 놓은 보릿자루나 마찬가지.

지들끼리 북 치고 장구 치고.

부글부글.

간신히 참고 있는데 체신부 차관이라는 사람이 내게 말을 걸었다.

"아이고, 그 유명한 페이트를 이 자리에서 볼 줄은 몰랐습니다. 작곡을 그렇게 잘하신다죠? 미국에서 상도 엄청 받고. 이참에 한국형 무선 통신 선포를 위한 로고송을 하나 만들어 주시는 건 어떠실까요?"

말인지 똥인지.

저 언사 저변에 깔린 우월함의 표출은 둘째 치고 무선 통신 표준을 논하는 자리에서 기술 대표로 나온 측에 로고송을 만들어 달라니.

둘러보니 다들 내가 어떻게 반응하나 쳐다보고 있었다. 하나같이.

실소가 나왔다.

"글쎄요. 차관님이 전국에 깔린 체신부 지점 이름을 이 자리에서 외워 본다면 생각해 보겠습니다."

"뭐요?"

"못 외우시겠습니까? 이거 실망인데요. 체신부 차관급이라면 적어도 그런 정도는 달달 욀 줄 알았는데. 역량 미달 아닙니까? 역량도 안 되는 분이 대체 여긴 뭐 하러 나오신 건가요?"

"아니, 이 사람이 지금……."

"무선 통신 기술에 대해 알고는 있나요? 이 일이 얼마나 중요한 사안인지 알고는 있습니까?"

쾅!

.탁자를 주먹으로 치는 차관이었다.

"이거 안 되겠구만. 좋게 봐주려 했더니 뭐? 무선 통신 기술에 대해 알고 있냐고?!"

"나랑 비교해 볼까요? 이 기술 어떻게 시작되어 어떤 비전을 가지고 있는지 같이 한번 대화 나눠 보시렵니까?"

"내가 왜 그걸 해야 하는데?"

"그러니까요. 내가 왜 로고송을 만들어야 하죠? 이런 자리에서 로고송을 만들어 달라고 하다니 제정신인 겁니까? 뻗을 자리를 보고 다리를 뻗어야지요. 체신부 차관이나 된 분이 똥인지 된장인지 구분이 안 됩니까? 그 차관 자리가 그렇게나 위세가 좋습니까? 감히 기술 대표 측으로 나온 사람을 모욕이나 하고."

"이, 이……."

부들부들 떨든 말든 일어났다.

순식간에 싸늘해진 장내 분위기였으나 똑똑하게 한마디 더해 줬다.

"뭘 믿고 다 된 것처럼 구는지 모르겠는데, 이딴 식이라면 전면 백지화입니다. 그리고 거기 선영 그룹은 앞으로 조심하세요. 수틀리면 같잖은 이동 통신 사업권 따위 빼앗아 버릴 수도 있으니까."

무선 통신?

안 해도 상관없었다.

초고속 인터넷?

없어도 상관없었다.

그저 정복기의 얼굴만 떠올랐다.

이 자리에서 느꼈을 모멸감을.

곧장 이형준과 함께 정복기에게로 달려갔다.

"계속 이런 대접을 받아 왔던 거예요?"

"……예?"

"연구소장님. 오늘 총괄님께서 판을 다 뒤엎어 버리셨습니다."

"예?!"

"체신부 차관과 선영 그룹에 경고하셨어요. 이런 식이라면 전면 백지화하겠다고요."

"아……."

날 쳐다본다.

정말 그래도 되는 거였냐고.

그 눈빛에서 나도 확신했다.

내가 그를 온전히 믿지 못했구나.

결국 내 잘못이었다.

"그놈들에게 사과받아 줄게요. 반드시 앞에 와 무릎 꿇게 해 줄게요. 미안합니다. 끝까지 못 믿어 줘서."

"……총괄님."

"고생하셨어요. 모자란 총괄 때문에."

"아닙니다. 아닙니다. 제가 어찌 그런 생각을 하겠습니까. 그런 말씀 마십시오. 저는 절대 그런 생각해 본 적 없습니다."

"복수해 줄게요. 무선 통신과 인터넷 통신을 안 하는 일이 있더라도 이 꼴은 못 봐요."

"총괄님……."

"한국을 빼도 상관없습니다. 아니꼬우면 지금부터 개발하라죠. 제까짓 게 얼마나 가는지 두고 볼 겁니다."

"근데 괜찮겠습니까? 상대는 정부입니다."

"정부를 상대하고자 하는 게 아니에요. 몇몇 놈만 물고 늘어지면 돼요. 계속 삐딱선을 탔다간 정부고 뭐고 다 죽는 거고요. 일단 그렇게 알고 계세요. 나머진 제가 알아서 할게요."

"총괄님."

"무선 통신을 논하면서 감히 무선 통신의 아버지를 농락했어요. 절대로 참지 않을 거예요."

한국형 무선 통신 사업을 망치는 방법은 아주 다양했다.

제일 먼저 기술을 사용 못 하게 하는 것이고 두 번째로 하겠다는 사업자를 돈으로 박살 내는 것이고 그것도 안 된다면 인텔에서 생산 중인 칩셋을 넘기지 않으면 된다.

오성 그룹이 있다 해도 이제 겨우 메모리 반도체를 생산하는 기술력이었다. 비메모리가 들어오지 않으면 무선 통신은 상용화할 방법이 없었다.

'개꼬장이 어떤 건지 보여 주지.'

혼자서 시뮬레이션 짜며 잔뜩 으르렁대고 있는데.

정은희가 고개를 빼꼼 내밀며 누가 찾아왔음을 알렸다.

설마 체신부는 아닐 테고…… 걔들이 이렇게 빨리 움직일 리 없으니까.

누군가 했더니 조용길이었다.

조용길이 누군가와 함께 들어왔다. 무척 곱고 우아하게 생긴 여성이랑.

"대운아."

"예."

일어나서 반기는 중에 여성을 앞세운다.

"인사해. 대운이야."

"안녕하세요. 안문진이에요."

"아, 예. 안녕하세요. 장대운입니다."

뭐지?

"이 사람은 한때 미국에서 로비스트 활동을 하다가 요새는 사업하는 사람이야."

"예? 아, 예."

"우리 결혼하려고."

"예?!"

"뭘 그렇게 놀라. 결혼한다고."

"결혼이요?"

"내가 여자 데려오는 거 봤어?"

"못…… 봤죠."

"데려왔잖아. 이 사람이 내가 결혼할 사람이야."

"아……."

내가 잠시 얼뜨고 있자 조용길은 안문진에게 나를 소개했다.

"미리 말했지만 내가 아들로 생각하고 있는 놈이야. 문진이도 아들로 받아 주면 좋겠어."

"당사자한테 물어보지도 않고요?"

"응, 딱히 허락은 구하지 않았지만 여태 그렇게 여기고 살았어. 대운이가 싫다면 할 수 없고."

쳐다본다. 대답하라고.

얼뜰 시간이 없었다. 얼른 대답부터 하고 봤다.

"저도 아버지처럼 여겼어요. 한번 입에 붙으면 잘 못 바뀌어서 아저씨라고 부르긴 한데. 늘 아버지처럼 여겼어요."

"거봐. 대운이는 날 그렇게 생각할 거라고 했잖아."

"정말이네요. 두 사람이 끈끈하다는 거."

"음악이 우릴 이어 줬어. 음악이 있는 한 우린 계속될 거야."

"으음, 그런 관계 왠지 부럽네요."

"대운아."

"예."

"우리 25일에 결혼할 거다."

"25일이면…… 설마 이달에요?"

"응."

달력부터 봤다.

3월 25일이면 금요일이다. 아카데미 시상식이 21일.

그래도 얼추 시간은 맞출 수 있을 것 같았다.

"이번은 몇몇 지인만 불러서 조용하게 하려고. 우린 둘 다 재혼이거든."

"아, 예. 그래도 오필승만큼은 전부 출격해야죠. 안 부르면 섭섭하다 할 거예요."

"그런가?"

"제가 알아서 선별할게요. 아, 식장은 구하셨어요?"

"이제부터 구하려고."

"그럼 그것도 우리가 할게요. 어디 보자. 2주 남았네. 빨리 움직여야겠다."

그 순간 머리에서 번뜩하고 조용길과 관련된 기억이 떠올랐다.

안문진을 다시 바라봤다.

이 사람 얼마 못 살고 죽는다.

조용길을 바라봤다.

이제껏 보아 온 어떤 조용길보다 행복해 보였다.

원역사에서도 그는 실제 이런 말을 했다.

-아내를 처음 만났을 때부터 결혼 상대자라는 걸 알았다. 운명적인 만남이었고 너무나 잘 맞았다. 내겐 아내 이상의 존재다.

후배이자 개그맨인 최병선도 두 사람을 보고 이런 말을 했다.

-용길이 형이 평소 고집이 세고 술을 많이 마시는 편인데 형수가 '조금만 드세요' 하면 그 좋아하던 술잔을 내려놓곤 했다. 용길이 형에게 더 없는 아내이자 친구였다.

그런 아내가 2003년 1월에 사망한다. 1999년부터 앓은 심장병이 두 번의 수술로도 악화되어.

1993년 6월 미국 애틀란타 공연에서 처음 만나 딱 10년간만 허락된 행복.

샘솟는 기쁨에 입가를 주체 못 하는 조용길을 봤다.

숨길까?

방해하고 싶지 않았다.

그러나, 생사 문제.

무엇보다 다른 사람도 아닌 두 사람의 문제.

판을 흐려서 미안하지만, 말을 해야겠다.

"두 분 앞으로도 계속 행복하실 것 같아요."

"그러냐? 하하하하하하."

"다만 한 가지만 약속해 주세요."

"으응?"

"두 분의 행복을 위해 드리는 말씀이에요. 약속해 주세요."

"뭔데?"

조용길이 물어봐도 고개 돌리지 않고 안문진을 봤다.

안문진도 나의 진지함을 알아봤는지 고개를 끄덕였다.

"이이랑 행복하게 산다는데 무얼 약속 못 할까요?"

"나도 약속할게. 뭐야? 무엇을 지켜야 하지?"

"심장이요."

"심장?"

안문진을 가리켰다.

"선천적으로 심장이 약한 분이세요. 매년 심장 관련 건강 검진을 받으시고 심장에 좋은 활동을 하셨으면 좋겠어요."

"대운아……."

"지금부터라도 관리한다면 괜찮을지도 몰라요."

"정말 이 사람…… 그렇게 심장이 안 좋아?"

조용길도 웃음기가 사라졌다.

이 시대에 심장 문제는 곧 죽음과 직결이다.

"10년이 고비예요. 심장 문제에서만큼은 알러지 반응을 일으킨 정도로 세심해야 해요."

"……."

"……."

"……."

"……."

"……."

"……."

"……그렇구나."

"내 심장에 문제가 있다고요? 아직까지 난 아무것……."

"잠깐만."

"하지만……."

"잠깐만 기다려 줄래?"

"알았어요."

"대운아."

"예."

"네가 이 시점, 그 얘기를 꺼낸 건 그만큼 중요하다는 거겠지?"

"예."

"수와 준의 뇌를 집요하게 파고든 것처럼?"

"예."

"알았다. 고맙다."

"죄송해요."

"아니다. 알았으니 방법을 찾아보면 되지. 그래, 네 말대로 지금부터라도 챙기면 돼. 내 사랑은 내가 지켜야지."

"……."

"……."

"……."

"……."

"……."

"……."

"……."

"……."

"……."

"……."

정적이 흘렀으나…… 결코 원하지 않은 분위기였지만 어쩔 수가 없었다.

어렵게 찾은 행복인 만큼 오래갔으면 좋겠다.

"……."

조용길도 침중해졌다.

부정하고 싶었지만.

상대가 하필 페이트 장대운이다.

한 번도 틀린 적이 없는…… 수와 준, 안산준의 머리에 자라던 혹을 기어코 찾아내 없애 버린 오필승의 총괄.

누구는 술 조심해라. 누구는 담배 조심해라. 김정주에겐 계속 암을 조심하라고 말하던 총괄.

조용길은 직감했다.

그런 아이가 첫 만남에서 이런 얘길 꺼냈다는 건 그만큼 사안이 심각하다는 방증.

업고 다녀도 부서질까 아까운 아내이기에 더 귀담아들을 수밖에 없었다. 다른 누구도 아닌 진실로 믿는 사람이 말했기에.

그 모습을 지켜보는 나도 마음이 좋지 않았다.

일생을 10이라고 가정한다면 조용길의 인생은 거의 9가 슬픔이거나 아쉬움이었다.

겨우 하나 보상받았는데.

가장 좋은 시기에, 가장 믿는 나에게 이런 험한 소리를 듣게 되다니.

침착하게 사태를 바라보려 한다지만 덜덜 떨리는 손끝부터 당혹감을 숨기지 못했다.

그런 면에서 안문진은 대단했다. 조용길의 기다려 달라는 말 한마디에 아무리 급해도 절대 끼어들지 않고 사태를 주목했다. 자신의 문제인데도 불구하고.

두 분에게 미안했다. 진심으로.

"사흘 정도 일정을 잡아 봤어요. 결혼식에 참석해야 하니까 다른 일은 하지 않을 거예요."

"알겠습니다. 맡겨 두십시오."

조용길 결혼에 대한 일을 도종민, 정은희에게 맡겨 둔 나는 19일이 되자 일정대로 미국 LA로 떠났고 아카데미 시상식에 참가했다. 93년 개봉한 영화 필라델피아의 OST로 쓰였던 페이트 7집 수록곡 Street of Philadelphia가 노미네이트되었다 해서.

그리고 Street of Philadelphia는 쟁쟁한 후보들을 물리치고 주제가상을 받았다.

작년 A Whole New World에 이어 또다시 페이트가 호명되자 관중은 나를 연호하였고 제 일처럼 기뻐했다.

이어진 기자 인터뷰에서도 늘 하던 대로 자리하였는데 중간에 이상한 질문이 하나 날아왔다.

"번외로 질문 하나 해도 되겠습니까?"

"예, 그러시죠."

"영화 보디가드 음악 감독을 맡았을 때 휘트니 휴스턴과 불화가 있었다고 들었는데, 그건 어떻게 된 일입니까?"

깜짝 놀랐다.

순간 대니 할트만의 얼굴이 떠오를 만큼.

공화당 골수파 자식.

휘트니 휴스턴과의 대화를 빌미 삼아 나를 공격했던 놈.

아무래도 그놈이 입을 턴 모양인데.

내가 잠시 말을 멈추자 무언가 있다고 생각한 기자들이 계속 질문해 왔다. 방금까지도 호의 가득한 시선들에 이상한 욕망이 들어차는 게 보일 정도로.

웃어 줬다.

"휘트니와 불화랄 게 있나요? 대화를 나눴을 뿐입니다."

이 대답을 기다렸다는 듯 질문한 기자가 공격을 퍼부었다.

"결혼한 지 열흘밖에 되지 않은 신부에게 첫 만남부터 그 결혼이 잘못됐다고 했다는데, 사실입니까?"

입가의 느낌이 잔인한 걸 보니 벼르고 있었나 보다.

이 양반도 골수 공화당 지지파인가?

대니 할트만과 무슨 관계일까?

내 생각의 흐름과는 다르게 그의 발언이 가져 충격이었던지 기자들이 술렁였다.

지금 휘트니 휴슨턴은 그야말로 Top of the Top.

나는 어쩌면 오늘 이후로 세계인의 사랑을 한 몸에 받는 톱스타의 출발에 똥물을 퍼부은 사람이 될지도 모르겠다.

어떤 기사가 쓰일지…… 이래서 오지랖은 부리지 말아야 하는 건데…… 쩝.

기자를 보았다.

아니라고 해라. 어서 아니라고 해라. 눈으로 지껄이고 있었다.

다른 반격 수단도 가지고 있다는 것.

입맛이 썼다.

"맞습니다. 징조를 봤고 경고해 줬죠. 앞으로 그녀에게 육체적·정신적으로 폭력을 가할 거란 말도 해 줬어요. 그런 건 사랑이 아니라고요."

웅성웅성.

설마 하던 기자들조차 깜짝 놀라 타이핑에 들어갔다.

이 순간을 기대했던 기자는 좋다며 내게 카운터를 날렸다.

"더 궁금해졌습니다. 당신은 행복하게 사는 신혼부부에게 무슨 자격으로 그런 말을 한 거죠? 신도 아니면서 어떻게 미래를 예측한 거죠?"

요것 봐라.

신까지 끌어들이네.

"글쎄요. 그렇게 따지면 경제학자, 기후학자, 통계학자들은 모두 지옥으로 가야겠네요. 함부로 예측하고 다니니 말이죠. 전 이웃으로서 조언해 준 것뿐이에요. 뻔히 보이는데 가만히 있는 건 이웃으로서 자격이 없겠죠. 예를 들어, 옆집에서 아이를 폭행할 기미가 보인다고 해 보죠. 기자님은 때릴 때까지 모른 척할 겁니까?"

"두 사람은 지금 행복하고……."

"그걸 기자님이 어떻게 아시죠? 그들 부부 사이로 들어가 보신 건가요? 설마 예측하신 건 아니겠죠?"

"그건……."

"제가 이 인터뷰에 적극적으로 임하는 이유는 단 한 가지입니다. 저의 인터뷰를 통해서라도 부디 그녀의 남편이 자중하길 바라서이죠. 물론 개가 똥을 피하겠습니까마는 말이 나온 김에 다시 말하고 싶습니다. 부디 안전한 곳으로 대피하세요. 언제 터질지 몰라요."

다음 날로 난리가 났다.

【페이트, 휘트니 휴슨턴과 대체 무슨 일이 있었던가?】

【페이트가 보았던 징조가 무엇이길래 이토록 파격적인 언사를 하였는가?】

【도가 넘은 페이트의 행동. 교만의 발로인가?】

【상식적으로 이해하기 힘든 행동의 페이트. 설마 이것도

민들레의 영향인가?】

【어떤 입장도 밝히지 않는 휘트니. 그녀의 남편은 누구인가?】

【당시 상황을 목격한 관계자와의 인터뷰. 페이트는 악마였다】

【페이트, 양의 탈을 쓴 늑대였던가? 진정 그의 재능은 악마로부터 온 건가?】

【악마에 충성. 페이트 앨범 수록곡에 이런 메시지가 담겨 있었다】

【페이트 주변과의 인터뷰. 그는 너무나 매정한 사람이다】

【속고 있었다. 페이트의 진면목】

개지랄하든 말든 스탠퍼드에서의 일정을 가려 했으나 움직이는 곳마다 기자들이 따라다녔다. 성가시게.

이러다 야후마저 채 꽃을 피우기도 전에 뭉개질 것 같아 스탠퍼드 일정을 미루고 한국으로 방향을 틀었다.

그랬더니 이번엔 공항 사진을 대서특필하며 더 난리를 부렸다. 그나마 진실이 뭔지 살펴보자던 언론들까지 나서서.

【도피하는 페이트. 진정 소문이 사실이던가?】

【본색을 드러낸 페이트. 우리는 대체 그를 어떻게 바라보아야 할 것인가?】

【논란의 페이트. 일각에선 미국 명예시민권을 박탈해야 한다는 얘기가 나온다】

【대니 할트만, 당시 매니징 디렉터로서 본 페이트를 말하다. 나는 부당하게 해고당했습니다】

【페이트, 워너브라더스에 압력을 가했는가? 대니 할트만은 희생양인가?】

【속속들이 드러나는 페이트의 행적. 그는 대체 누구인가?】

심란해 죽겠는데.

한국 방송국에서 찾아왔다.

짜증이 나 거절하려는 순간, 뉴스 기자가 아닌 드라마국이란다.

무슨 얘긴가 했더니.

"OST를 제작해 달라고요?"

"예, 도와주시면 고맙겠습니다."

"작품이 뭔데요?"

"올 8월 방영을 목표로 한 납량 특집인데요. M입니다."

"M이요?"

"출연진이 상당합니다. 마지막 승부에 나왔던……."

한참을 주절주절.

놔뒀다간 드라마 국장의 아버지까지 나올 판이라 끊었다.

"그래서 작업비가 얼만데요?"

"아…… 그게……."

미못텐다.

"말씀해 주셔야 판단을 하죠."

"저 그게, 오해 말고 들어 주십시오."

"그럴게요."

"5만 원입니다."

"예?!"

"규정된 금액입니다."

이게 무슨 개소린지.

신인 작곡가의 곡도 이제 수백만 원에 오갈 시대에 드라마 OST로 쓸 곡을 5만 원 가져가겠다고?

골이 떵했다.

"여태 그렇게 작업하셨어요?"

"예?"

"뭐라는 게 아니라 실상을 알고 싶어서 그래요."

자초지종을 얘기하는데.

방송국 놈들.

제대로 갑질 중.

곡당 5만 원이라니. 적은 건 2만 5천 원짜리도 있다.

그러면서 광고는 억 단위로 처받고.

가뜩이나 집중 안 되는데 도저히 안 되겠다.

돈 5만 원 받고…… 나는 지금 돈이 중요한 게 아니라 내 가치를 똥값으로 본다는 게 싫었다.

'여기까지 온 용기는 가상하다만.'

곱게 돌려보내야겠다.

"제의는 감사하지만 거절해야겠네요. 우선은 제가 곧 미국으로 떠나야 해서요. 디즈니의 다음 작품 음악 감독으로 내정돼 있고 그래서 다른 프로듀서라도 보내 드리고 싶긴 한데. 아시겠지만 우리 프로듀서들의 몸값이 좀……."

"아…… 그러십니까?"

"돈 문제를 떠나서 제가 공포나 스릴러물에 어울리지 않아요. 아예 안 보는 편이라. 게다가 디즈니 작품이 6월 개봉이 목표라고 하더라고요. 원래는 11월 개봉인 줄 알았는데 5개월이나 당겨진 거죠. 어떻게 될지 일정을 자신할 수가 없어서 더욱 그렇네요. 원래는 미국에 계속 있어야 하는데 한국에 들어온 것도 아주 중요한 일이 있어서 그런 거고요."

"알겠습니다. 그렇군요. 워낙에 바쁜 분이시라는 걸 알고 있어서 저희도 사실 큰 기대는 안 했습니다."

"그런가요?"

"그렇지만 꼭 저희 것이 아니더라도 한 번쯤 맡아 주시길 바랍니다. 팬으로서 부탁입니다. 아카데미 시상식까지 휩쓰신 능력을 우리 국민에도 베풀어 주셨으면 좋겠다는 마음입니다."

진솔한 눈이었다.

어쩌면 이것이 진짜 목적이 아니었는지.

"알겠습니다. 염두에 두고 있다가 돌아오는 대로 살펴보겠습니다."

"만나 주셔서 감사합니다. 바쁘신데 저흰 이만 돌아가겠습니다."

좋게 헤어졌는데.

다음 날로부터 이런 기사가 뜨기 시작했다.

【페이트, 한국 드라마 OST 제의 거절하다】

【한국 드라마는 수준 낮아. 페이트, 드라마 OST 거절 이유?】

【몸값 1억? 페이트, 한국 드라마 OST 제의 거절한 게 돈 때문인가?】

【한 곡당 집 한 채뻘. 천정부지로 치솟는 스타들의 몸값, 이대로 괜찮은가?】

【서민을 울리는 스타. 과연 누구를 위한 스타인가?】

【페이트, 부동산 투기 의혹】

【페이트, 학교 폭력 의혹】

【대한민국 보물이라 불리던 페이트의 민낯】

요즘 왜 이러는지.

아홉수도 아니고 마가 꼈나?

미국 일이야 내가 오지랖 부렸고 무례한 것도 있었고 또 언제가 벌어질 일이니 대충 넘어가려 했는데 도저히 안 되겠다.

이학주에게 알렸다.

날뛰는 것들 하나하나 증거를 모아 놓으라고.

발 뻗은 김에 미국도 정홍식에게 사소한 것까지 다 모아 놓으라 했다.

"후우……."

이렇게 내 인생 최악의 순간을 걸을 때 조용길 결혼식에 참석했다.

사랑하는 신부와 백년해로를 약속하면서도 조용길은 나를

159

걱정했지만 나는 큰 소리로 건재함을 알렸고 그를 안심시켰다. 비교적 한국인이 없는 유럽으로 두 사람을 신혼여행 보냈다.

나도 라이온킹 OST를 위해 LA행 비행기에 탑승.

"먼 길 오시느라 고생 많으셨습니다."

"계약을 취소하실 줄 알았는데 용케 버티셨네요."

"언론들 바람 잡는 거야 하루 이틀도 아니고 금세 잠잠해질 겁니다. 그리고 사람 관리 못하는 워너와는 달리 우리 디즈니는 견고합니다. 페이트 님을 놓칠 이유가 하등 없지요."

"저 때문에 흥행에 문제 되지 않을까요?"

"아직 잘 모르시는군요. 응원하는 사람들은 여전합니다. 아무리 언론이 방방 뜬다 한들 지지층은 흔들리지 않죠. 도리어 잘된 겁니다. 어중이떠중이 발 걸치고 있던 것들과 구별할 계기가 되었으니까요."

"호감을 아주 쉽게 얻으시네요."

"좋은 기회이지 않습니까? 우리 디즈니의 의리를 각인시킬. 아무렴요. 절대로 놓쳐선 안 될 순간이죠."

디즈니 앤드류 총지배인은 상황이 좋지 않음에도 나에 대한 믿음이 굳건함을 표현했다.

하지만 나는 디즈니가 지금 어떻게 돌아가는지 잘 알았다. 실제 계약 취소가 거론되고 있다는 것도.

능구렁이 할아범이 이빨만 까는 거다.

"제 호감을 얻는 건 그렇게 쉽지만은 않을 거예요."

"예? 무슨 말씀이신지……."

"A급 인력들을 포카혼타스 제작에 돌린 거 알고 있어요."

"아……."

"감독도 중간에 바뀌었다죠? 라이온킹에 남은 인력들은 디즈니의 DB에선 B급이고요. 이들 사이에서 5천만 달러만 벌었으면 좋겠다는 말이 나오는 것도 알아요."

"……."

"그렇지만 나는 확신한답니다."

"……."

"라이온킹은 디즈니 역사상에서도 손꼽을 만큼 흥행을 기록할 걸요."

"예?!"

미국에서만 3억 1,900만 달러, 해외 4억 5,500만, 합쳐서 7억 8천만 달러를 벌어 2D 애니메이션 극장 개봉작 중 최대 흥행 수익기록을 차지한다. 2011~12년 재개봉하여 1억 6,700만 달러를 추가로 합산, 9억 5,800만 달러란 기록을 가진다.

"믿기지 않으신가 보네요?"

"그런…… 일이 벌어졌으면 좋겠습니다."

"제가 부탁한 인원들만 제대로 섭외됐다면요."

"그건 걱정 마십시오. 한스 짐머와 엘튼 존은 미리 와 있습니다."

개봉일이 11월에서 6월로 바뀐 우 내가 요정한 선 딱 하나였다.

필요한 인물을 섭외하는 것.

엘튼 존은 꼭 데려와라.

"그럼 됐어요. 컨테이너로 이동할까요?"

"예."

한층 겸손해진 앤드류 총지배인과 이동하며 영화 음악계의 거장 한스 짐머와도 만나고 엘튼 존과도 깊은 대화를 나눌수 있었다.

모두 다 지금 나의 상황에 유감을 표했지만 나는 이걸 겪어야할 고난이라 풀었다. 앞으로 더 크기 위한 작은 난관 같은 것?

곡 선정도 얼마 걸리지 않았다.

알라딘을 경험해 본 그들은 딱 스무 곡만 뽑아 놓았고 나는그중 아홉 곡을 선택했다. OST 앨범으로는 12곡이 발매되지만, 중복이나 편집하는 곡이 있어 대충 맞았다.

"사실 Can You Feel The Love Tonight은 엘튼을 생각하며쓴 곡이에요. 당시엔 어쩔 수 없어 다른 사람에게 맡겼지만이제 제대로 해 보고 싶네요."

"정말이에요?"

작업은 순조로웠다.

엘튼 존도 섭외 중에 서너 곡 가져왔는데 그중 두 곡을 싣기로 해 총 14곡이 대상으로 낙점.

작업은 술술 풀렸다. 빠른 내가 봐도 기가 막힌 속도로.

그때 나에게 어떤 손님이 찾아왔다.

누군가 했더니.

코무라 테츠야다.

이 사람이 웬일?

"어서 와요. 어떻게 여기까지 찾아왔어요?"

"오필승에 문의했습니다. 김 실장님과 소통하다 알게 됐습니다."

일본 음반 관련 자료 수집에 도움을 주고 있어 김연과 코무라 테츠야는 친했다.

"그렇군요. 무슨 급한 일이 있나요?"

급한 일이 있겠지.

일본에 잘 있던 사람이 LA까지 날아온 걸 보면.

"저 그게…… 좀 도와주셨으면 좋겠습니다."

"무슨 일인데요?"

"그게…… 제가 페이트 님과의 친분을 자랑해 버렸습니다."

자초지종이 이랬다.

1984년 결성한 TM NETWORK 얘기다.

성공작이고 내는 앨범마다 오리콘 차트 1위를 찍으며 50만 장씩 판매고를 올리나 그것이 끝이라는 것.

초회 발매분은 잘 팔려도 이월 주문이 발생하지 않는다는 게 이들의 고민이었다.

곡 자체가 고정 팬들 외에는 살어늘이시 못하는 매틱이라는 것.

그런 평가에 대책을 마련하던 중 TMN의 멤버이자 프로듀서인 코무라 테츠야가 의견을 말했고 또 완전히 묵살당해 버렸단다.

네가 그걸 어떻게 알아? 그렇게 잘 알면 고정팬만이 아닌 불특정 다수에게도 유명해지는 게 맞지 않겠냐고.

여기까지도 괜찮았으나.

마지막 말에 '페이트도 아니면서'라는 말을 던졌다고 한다.

지기 싫었던 코무라 테츠야는 나와의 친분을 꺼냈고 또 믿어 주지 않는 회사 사이에서 어느새 자존심 싸움으로 번져 버렸다.

나를 데려가지 않으면 거짓말쟁이로 낙인찍힐 판이라.

상황이 공교로웠다.

"흐음."

"……죄송합니다."

"일을 정리해 보죠. 지금 테츠야는 내가 같이 일본에 가는 걸 원하는 거예요? 아니면 같이 문제를 해결해 줬으면 좋겠다는 거예요?"

"그야…… 같이 문제를 해결해 주셨으면 좋겠습니다."

"겸사겸사로요?"

"예."

솔직히 말해 구미가 당겼다.

라이온킹 OST 작업도 거의 끝나 가고…… 한스 짐머와 엘튼 존 조합은 굳이 내가 필요 없어도 될 정도로 시너지가 좋았다. 이유도 없이 설치는 한국에 들어가기 싫은 판에 잘된 것 같고.

그나저나 그 PD는 왜 그랬을까? 진솔해 보였는데 내가 잘못 봤나?

"좋아요. 일본으로 가죠. 테츠야가 날 도와줬는데 나도 테츠야를 도와야죠."

"정말이므니까?!"

어찌나 기뻐하는지 일본 말투가 다시 튀어나왔음에도 코무라 테츠야는 눈치채지 못했다.

"가죠. 나는 테츠야를 친구로 생각하고 있어요. 친구가 어렵다는데 도와야죠."

"감사하므니다. 감사하므니다."

"대신 며칠만 기다려요."

"물론이므니다. 아, 아니, 물론입니다."

온 김에 라이온킹 작업실에도 데려갔다. 한스 짐머, 엘튼 존과도 인사시켜 줬더니 어찌나 감격하던지.

나는 두 사람 앞에서 코무라 테츠야를 앞으로 일본을 제패할 프로듀서라고 소개했고 더블 감격한 코무라 테츠야는 눈시울을 붉혔다.

그렇게 일본으로 슝.

어깨가 한껏 올라간 코무라 테츠야와 함께 잔뜩 겸손을 표하는 에이벡스 제작진들과 미팅을 가졌는데 이 소식을 또 한국이 어떻게 알았는지 다음 날로 이런 기사가 떴다.

【페이트, 일본행의 저의는?】

【예정에 없던 일본행. 일본 음반 산업 관계자와 만나다. 페이트의 계획은?】

【학생답지 않은 잦은 출장. 페이트의 학교생활을 추적하다】

【○○고교 학생과의 인터뷰. 페이트는 평소 학교에 나오지도 않는다】

【특혜 논란. 페이트. 도대체 언제부터 이런 혜택을 누려 왔던가?】

【관계자와의 인터뷰. 페이트는 평소 일본을 동경했다】

【충격! 페이트 일본 이민 계획 중?】

【페이트, 한국 재산 처분에 돌입하다. 일본행? 미국행?】

【무선 통신 사업 결렬도 그에 일환인가?】

【한국형 무선 통신 사업 완전 백지화. 페이트가 한국의 통신 발전을 막아서는가?】

【페이트가 정말 한국을 떠나는가?】

◇ ◆ ◇

"지금 뭐라고 했습니까?"

"그게…… 죄송합니다."

12

"아니, 그보다 그 말이 정말입니까?!"

"그렇습니다. 다짜고짜 일어나더니 저를 모욕했고 선영 그 룹에도 사업권을 빼앗아 가겠다 말하고 나갔습니다."

체신부였다.

무선 통신 기술 회의에 참석했던 차관이 정준명 장관에게 보고하는 자리.

"정말 한 치도 틀림없는 것 맞습니까?"

"예."

"허어, 예쁘다. 예쁘다 했더니…… 어린 게 괘씸하게."

입술을 씹다 정준명이 차관을 돌아보았다.

"이정도 차관."

"예."

"다시 묻겠습니다. 이번엔 진짜 똑바로 말해야 합니다. 지금 까지 말한 것에 조금의 다른 사실도 없어야 합니다. 맞습니까?"

"예, 맞습니다. 거기 있는 사람들도 다 들었습니다."

너무도 확신하는 대답에 정준명 장관은 자기 턱을 잡았다.

"하아…… 이상하단 말이야. 분명 호의적이었는데, 갑자기 나타나서 파투를 놓다니. 그건 그렇고 이게 언제 적 얘기인 데 이제야 보고합니까?! 내가 신문으로 사실을 알게 되는 게 맞…… 설마 이 차관, 지금 페이트를 두고 언론이 난리인 것 에 연관된 것은 아니죠?"

"……."

뜨끔했지만 이정도 차관은 잠자코 있었다.

어차피 밀어붙이면 묻힐 일이라 생각했다.

자꾸 출장을 가는 바람에 만남이 뒤로 미뤄졌지만, 귀국 후 한 번 만나서 적당히 구슬려 주면 해결될 일.

세상이 손가락질하는 마당에 내민 구원의 손을 마다할 인간은 그의 상식에선 없었으니까.

하지만 세상일은 이정도 차관의 생각대로는 돌아가지 않았다.

"하여튼 알았습니다. 일단 대통령님께 보고드리고 대책을 마련해야겠습니다."

"예?!"

"왜 놀랍니까?"

"아, 아닙니다."

장관 선에서 끝날 줄 알았는데 이렇게 되면 일이 커진다.

대통령이 나서는 순간 어떻게든 일의 전모가 드러날 것이다.

이정도 차관은 나가려는 정준명 장관을 급히 잡았다.

"저 그게……."

"뭐에요?!"

"제가 그게……. 로고송을 만들어 달라는 부탁은 했습니다."

"갑자기 그게 무슨 소립니까?"

"페이트잖습니까? 서로 좋은 게 좋다고 그 능력을 우리 사업을 위해 써 주는 게 나쁘지 않다 판단해서 우리 로고송이라도 만들어 달라고 정중히 부탁한 적은 있습니다."

"이 미친……."

"자, 장관님."

"잘 있던 대표까지 경질하고 독이 잔뜩 오른 상대에게 로
고송을 부탁했다고요?! 그것도 기술 회의에서?"

"……."

아직도 무엇이 문제인지 모르는 이정도 차관을 보며 당시
상황이 어쨌든지 단번에 그려진 정준명이었다.

'정중히'라고 말했지만, 정중 안 했을 것이다.

다 된 밥이라 여기며 만만하게 굴었을 것이다.

선영 그룹의 사업권까지 빼앗겠다 말했다는 건 상당한 모
욕감을 느꼈다는 것.

하늘이 노래졌다.

"언론에도 손쓴 거로군요."

"어차피 미국에서 욕먹고 있었습니다. 슬쩍 숟가락만 얹은
것뿐입니다."

이게 말인지 똥인지.

"하아……."

'어쩌다 이런 게 내 앞에까지 온 건지. 젠장, 1차관이 하필
다른 일을 맡고 있지만 않았다면…….'

대통령 특별 지시였다. 은근히 나도는 핵 잠수함 개발 계
획과 함께 시작한 2내 무딕 사업.

현재 정보 통신 분야에서 세계 최고를 달리는 오필승과의 협업으로 한국형 무선 통신망을 개발하라.

한국 이동 통신의 민영화도 그런 취지에서 시작되었고 체신부도 곧 정보통신부로 이름이 바뀔 만큼 중대한 프로젝트였다.

그런 사업이 망둥이 하나 때문에 틀어져 버리고 있었다.

'안 되겠다. 더 늦기 전에 보고해야 해. 잘못했다간 나까지 덤터기 쓴다.'

이 바닥에서 오래 묵은 감각이 말해 주는 중이다.

직접 해결하려 할수록 깊은 수렁에 빠질 거라고.

차라리 지금 한 대 맞는 것이 덜 아플 거라고.

마음을 정한 정준명은 이정도를 보았다.

"이 차관은 자리에 가서 대기하고 있으세요."

"장관님."

"하나 충고할게요. 앞으로 어떤 지시가 내려오든 잠자코 따라요. 반발해도 괜찮은데 추천하고 싶진 않네요."

"도대체 왜 그러십니까? 그저 딴따라 하나 가지고."

"이래서 낙하산은 안 된다니까. 천지 분간을 못 하니."

"예?"

"당신 지금 누굴 건든지 알아?"

"……"

"꼴같잖은 민정수석 라인…… 당신은 그냥 벽 보고 대기나 하세요. 하필 건드릴 사람이 없어 페이트를 건드려."

혹시나 기회가 있을까 바람처럼 오필승까지 간 정준명이 었으나 이내 고개를 젓고 청와대로 향했다.

◇ ◆ ◇

"이게 도대체 어떻게 된 일이지?"

"확실히 자연스러운 현상은 아닙니다."

"내가 몰라서 자네에게 물은 게 아니잖나."

"죄송합니다."

청와대였다.

김영산이 신문을 보다 비서실장에게 원인을 묻는 중이었다.

"페이트가 일본이나 미국에 귀화한다는 게 정말 사실인가?"

"낭설일 뿐입니다. 지난 행보를 보면 그가 한국을 떠날 가능성은 매우 낮습니다."

"그렇다면 한국형 무선 통신 사업 무산은 언론에서 어떻게 알았지? 이게 언제 무산된 거야? 난 분명 잘하고 있다고 보고 받았는데."

"그것이……."

대답을 잘 못 하는 비서실장을 두고 김영산은 관자놀이를 짚으며 옆에 앉은 ETRI 원장을 쳐다봤다.

"보소. 원장님. 이 사업이 오필승이랑 틀어지면 정확히 어떻게 뇌는 서요?"

"사실을 말씀드립니까?"

"기탄없이."

"앞으로 무선 통신 분야에서만큼은 후진국에서 벗어날 수 없을 겁니다."

"오필승을 보유한 나라가 무선 통신에서 후진국이 될 거라고요?"

"예."

"허허허허, 허허허허허."

기가 찼다.

세계가 손가락질하고 웃을…… 일고의 변명의 여지가 없는 멍청한 짓이 아닌가.

"일이 왜 이렇게 꼬인 거요? 얼마 전까지만 하더라도 오필승과 합력해서 무선 통신의 선진국이 되기로 한 거 아니오?"

"미묘한 변화가 있었습니다."

"그게 뭐요?"

"제가 보고받은 바로는 그동안 오필승 테크를 맡았던 정복기 대표가 전격 경질되고 연구소장으로 내려갔다고 합니다. 뒤를 이어 대표를 맡은 사람이 경영 실장이었던 이형준이고 여기까지는 그럴 수 있는 일이었으나 장대운 총괄이 처음으로 전면에 나선 겁니다."

"그러니까! 장대운 총괄이 나선 게 왜 문제가 됐냐는 거 아니오?!"

"그건 저도…… 다만 무선 통신 사업권을 빼앗느니 어쨌느니 격한 얘기가 나왔던 거로 보아 감정적인 대치가 있었던 듯 보입니다."

이 사람이 지금 남 일인가?

대답하면서도 눈을 피하는 ETRI 원장을 보다 답답해진 김영산은 비서실장에게 눈길을 돌렸다.

"비서실장."

"예."

"이 일이 틀어지면 어떻게 되는 거지?"

"B안을 알아보긴 했는데 복기-1이 세계적 무선 통신 표준으로 성장하고 있는 이때 다른 방법을 쓰는 건 오히려 독이었습니다."

"허어……."

김영산은 필사적으로 떠올렸다.

아카데미 수상을 하고 만난 장대운을.

똑똑했고 겸손했고 또 당당했다. 저런 손자가 있으면 좋겠다는 생각이 들 정도로 마음에 들었다.

살며 수많은 종류의 사람을 만나 본 눈이 확언컨대 절대 이런 사태를 만들 만한 사람이 아니었다.

하지만 진짜 그렇다면 언제까지 좋게 봐줄 순 없었다.

"오필승에 압력을 넣는 방법은 없나?"

"안 됩니다. 무시할 만한 기업도 아니고 무시해서도 안 될 기업입니다."

비서실장이 펄쩍 뛴다.

"왜 그런가? 고작 딴따라 회사 하나에."

"고작 딴따라 회사가 아니기 때문입니다. 대통령님도 파워스를 아시지 않습니까?"

"아, 얼마 전에 코카콜라를 누르고 세계 1위 음료가 된……!!!"

"맞습니다. 그 J&K의 지분 절반을 오필승이 가지고 있습니다. 그뿐입니까? 미국에서 활동 중인 DG 인베스트도 막강한 능력을 가진 투자사입니다."

"대체 어느 정도길래 자네까지 호들갑인가?"

"장대운 군 말대로 마음만 먹으면 선영 그룹 정도는 언제든지 해체 가능할 겁니다. 드러난 것만 최소 그 정도 자금력입니다."

"뭐라?!"

"한 해 벌어들이는 로열티 수입만 2조 원이 넘을 겁니다. 현재로서도 그 정도인데 무선 통신망이 본격 가동되기 시작하면 상상 불가입니다. 오필승은 이미 세계적인 기업입니다."

"허어…… 그 정도였어?"

"더구나 다소 위축되기는 했으나 장대운 군 본인도 엄청난 실력자입니다. 미국 대선에서 클린턴이 승리한 거 보셨지 않습니까? 거의 무명에 가깝던 그가 대통령이 된 건 페이트의 영향력이 지대하다는 분석입니다."

"미국 정계까지 움직인다?"

"본격적으로 움직이지만 않을 뿐 페이트의 선택을 받기 위해 줄을 선다는 소문이 돌 정도입니다."

"아니, 그럼 왜 그리 화가 나게 내버려 둔 건가?! 언론은 왜 또 난리고?!"

"……."

"……."

"……."

"……."

"일이 이 지경이 됐는데도 체신부 장관이라는 놈은 뭐 하고 있는데?! 그놈부터 불러!!"

소리치자마자 문이 똑똑 울리며 정준명 장관이 들어왔다는 소식이 왔다.

잘됐다.

"오오, 잘 왔소. 이게 대체 어떻게 된 일이오?!"

첫마디부터 언성이 높았으나 정준명도 장관 자리를 화투 쳐서 딴 게 아닌지라 침착하게 대응했다.

"안 그래도 사태 파악이 끝나자마자 제일 먼저 이리로 달려온 겁니다."

"사태 파악이 됐소?"

"그렇습니다."

파악한 자초지종을 최대한 자기 쪽으로 유리하게 말하는 정준명이었다.

"뭐라?! 기술 협력을 위해 부른 사람에게 로고송 제작을 의뢰했다고?!"

"예, 그렇습니다."

"이 미친……."

오필승의 진면목을 몰랐을 때도 절대 아니 될 일일진대.

장대운이 느꼈을 모욕을 떠올리자 김영산은 참을 수 없는 분노를 느꼈다.

거기에 정준명은 휘발유를 뿌렸다.

"언론이 날뛰는 것도 어쩌면 민정수석 쪽에서 힘을 쓴 게 아닐지……."

"뭐라?!"

"차관 자리가 유사시 장관을 대신하는 자리이긴 하나 이 정도까지 언론을 움직일 순 없을 겁니다. 안 그래도 이번 차관 인사 때문에 말이 많습니다. 낙하산이라고. 원래 이정도 차관은 체신부와는 거리가 멀었던 사람이 아닙니까?"

"그걸 왜 이제야…… 아니, 비서실장 당장 민정수석 불러와."

"예."

5분도 안 돼 민정수석이 비서실장과 함께 왔다.

ETRI 원장에 체신부 장관까지 앉아 있자 무슨 일인지 모르겠다는 표정을 짓는 그에게 김영산이 물었다.

"체신부 이정도 차관이 자네 라인 맞나?"

"예? 그, 그게……."

"맞나? 안 맞나?!"

"대통령님."

"조사 들어가야 입을 열 텐가?"

"……죄송합니다. 처가 사람입니다."

"이……."

시인하는 민정수석을 향해 집히는 대로 찻잔을 던지려다 멈추는 김영산이었다.

이번 정부 제1 약속이 부패와의 전쟁이었다.

등잔 밑이 어둡다고 속에서부터 곪고 있었다.

이 일이 터지면 분명 비교 대상이 될 것이다. 노태운 정부와.

깊은 호흡으로 흥분을 가라앉힌 김영산은 다시 물었다.

"민정수석, 이번 일에 도대체 어디까지 낀 건가?"

"무슨 뜻인지……?"

"자네는 신문도 뉴스도 안 보나?"

"대통령님, 저는 잘……."

이제껏 스크랩한 신문 자료를 펼쳐 주는 비서실장이었다.

이 자료가 의미하는 건 국보라 일컫는 페이트가 공격당하다였다.

도대체 무슨 일인지 감을 잡지 못하는 민정수석을 보다 못한 비서실장이 나섰다.

"자네 혹시 이정도 차관에게 언론사주들 소개시켜 준 적 있나?"

"그게 무슨…… 아!"

그제야 눈에 빛이 들어오는 민정수석은 서둘러 신문 스크랩을 뒤적였다. 거기엔 '한국형 무선 통신 사업 무산'이라는 제목도 들어 있었다.

이정도가 무선 통신 사업의 중대한 일을 맡았다며 떠들던 장면이 떠올랐다.

2대 국책 사업.

쿵!

바로 무릎 꿇는 민정수석이었으나 그를 바라보는 시선은 무척이나 싸늘했다.

내려진 처벌도 무척이나 싸늘했다.

"그렇게 안 된다고 캤는데 처가 사람을 올린 것부터가 이미 글러 먹은 기다. 니는 얌전히 옷 벗고 대기해라."

"대통령님, 제발!"

"비서실장."

"예."

"이 쉐끼 끌어내고. 그 망둥이 새끼도 탈탈 털어 뿌라. 언론도 지금부터 입 안 닥치면 가만히 안 둔다 카고. 알았나?!"

사투리가 나왔다.

진짜 화났다는 것.

"바로 이행하겠습니다."

납작 엎드리는 비서실장을 보던 김영산은 다시 입을 열었다.

"장대운이는 지금 어디 있노?"

"일본에 있습니다."

"아, 맞다. 일본에 있다 캤지. 이 쉐끼들이 일본 간 거 갖고도 개지랄을 떨어 댔지. 국가와 민족의 발전에 손톱의 때만치도 기여 안 한 것들이 우리 귀한 국보를 내쫓을라 캤다."

"대통령님……."

"언론사라 이름 올린 새끼들 다 불러 모아라. 방송국이고 신문이고 전부 다!"

"옙."

"장대운이 귀국하믄 청와대로 불러라. 내가 직접 만나야겠다."

"알겠습니다. 바로 움직이겠습니다."

청와대가 발칵 뒤집힌 시점 나는 코무라 테츠야와 에이벡스의 대표 그룹 TRF와 만나고 있었다.

"안녕하십니까. TRF입니다. 만나 뵙게 되어 영광입니다."

10명이나 와서 인사하는데 기가 막혔다. 1993년 데뷔, 두 번째 싱글 EZ DO DANCE의 성공 후 일본에서만 2,000만 장이 넘는 판매고를 올릴 그룹이 내 앞에서 부들부들 떤다.

에이벡스가 이 사람들을 내 앞으로 데려온 목적이 있었다.

"寒い夜だから(시작은 언제나 비)가 선선하는 가운네

survival dAnce ~no no cry more~란 곡을 후속으로 밀 생각인데요. 한번 들어 봐 주시겠습니까?"

"물론이죠. 테츠야의 요청인데 당연히 해야죠."

기뻐하며 뮤직비디오를 튼다.

보는데 왠지 '100일째 만남'의 룰랄이 떠오르는 것 같기도 하고 분위기가 비슷했다.

그러고 보면 듀슨의 '나를 돌아봐'도 뉘앙스가 애매했다. 워낙에 바비 브라운의 춤이 세계적으로 인기고 따라 하는 이들이 많아서 넘어가긴 했는데 표절과 영향 사이를 묘하게 비켜 나갔다.

"좋네요. 자유로움이 느껴져요."

"그렇습니까?"

호평이 나오자 자신감이 생겼는지 코무라 테츠야는 묻지도 않고 뮤직비디오 한 곡을 더 틀었다.

"죄송하지만 이것도 봐 주실 수 있겠습니까?"

"어렵지 않아요."

BOY MEETS GIRL이었다.

survival dAnce ~no no cry more~와 함께 다음 달에 발매될 싱글 BILLIONAIRE ~BOY MEETS GIRL~의 수록곡.

잔뜩 기대하며 나의 반응을 살핀다.

우린 또 이러면 괜히 장난치고 싶은데.

진지하게 나갔다.

"둘 다 테츠야의 곡인가요?"

"예, 그렇습니다."

코무라 테츠야가 공손한 자세를 취했다.

"축하해요. 테츠야. 두 곡 모두 1백만 장을 넘길 것 같네요."

"그렇습니까?!"

반색한다.

"흥이 돋는데요. 다른 곡은 더 없나요?"

"아…… 그게 아직 없습니다."

"으음."

살짝 실망한 표정을 지으니 어쩔 줄을 몰라 하였다.

"여기 피아노가 있나요?"

"저기 있긴 한데……"

"가요."

피아노 있는 곳으로 이동, 그 앞에서 CRAZY GONNA
CRAZY를 연주해 봤다.

코무라 테츠야가 즉시 반응했다.

"이건……!"

"느낌이 와요?"

"설마 TRF를 위한 곡입니까?"

"그럼요."

모두가 놀라는 가운데 대여섯 번의 수정 작업 끝에 뚝딱 완
성해 버리사 수변이 조용해졌다.

내친김에 masquerade, OVERNIGHT SENSATION ～時代は あなたに委ねてる(시대는 당신에게 맡겨져 있어)~도 꺼냈다.

1995년 1월에 발매될 TRF의 다섯 번째 싱글 dAnce to positive의 수록곡들. 이 앨범은 단 세 곡으로 400만 장 이상을 찍는다.

코무라 테츠야가 CRAZY GONNA CRAZY를 모르는 것에 자신감을 얻어 내밀었는데 잘 먹혔다.

"앞선 두 곡으로 올해 활동하시고 이 곡으로는 내년에 활동하세요."

"페이트 님!"

"왜 그래요."

"세 곡을 다 주시는 겁니까?"

"도와주기로 했잖아요."

"그래도 이렇게까지 해 주실 줄⋯⋯."

"테츠야와 난 친구잖아요. 친구를 위해 이 정도도 못 해요?"

이 말이 충격이었는지 코무라 테츠야는 입을 다물었고 잠시 후 눈을 번쩍 떴다.

"맞습니다. 친구 사이면 이렇게 도와주는 게 맞습니다. 감사합니다."

"테츠야가 할 일도 많잖아요. 이 곡이 잘 살 수 있게 프로듀싱해 줘야죠."

"아⋯⋯ 맞습니다. 컨셉도 잡고 할 일이 많습니다."

"그러니까요. 곡을 쓴다고 끝은 아니죠. 자, 이제 갈까요? 다음 일정이 있잖아요. 오늘 바쁘던데."

"아! 맞습니다. 보여 주고픈 유망주가 있습니다."

"가죠."

코무라 테츠야가 데려간 곳은 에이벡스가 아닌 다른 음반 회사였다.

회사 명판에 이렇게 적혀 있었다.

도시바 EMI.

"여긴……?"

"1992년에 데뷔한 걸그룹이 있는데 제가 요즘 눈독 들이고 있어 보여 드리려 합니다."

"그래요?"

"저는 괜찮은 것 같은데 회사가 자꾸만 딴죽을 걸어서요. 같이 봐 주시면 좋을 것 같아서요."

"확인받고 싶군요."

"예, 맞습니다. 괜찮다 하시면 이적시키려고요."

"그래요?"

약속이 된 건지 들어가자마자 EMI 관계자가 코무라 테츠야를 맞았다.

자주 봤는지 두 사람은 스스럼이 없었다.

관계자는 나를 못 알아봤다. 단지 키 큰 남자가 신기한지 몇 번 쳐다봤을 뿐.

"또 슈퍼 몽키즈를 보러 온 거예요?"

"예."

"1호 팬이네요. 유명한 코무라 테츠야를 1호 팬으로 두다니 슈퍼 몽키즈도 대단합니다. 근데 왜 이렇게 안 뜨는 걸까요?"

순간 움찔했다.

슈퍼 몽키즈?

설마 내가 아는 그 슈퍼 몽키즈는 아니겠지?

"안녕하십니까. 슈퍼 몽키즈입니다!"

우렁찬 인사와 함께 코무라 테츠야를 반기는 다섯 명의 소녀들은 분명 내가 아는 슈퍼 몽키즈가 맞았다.

특히나 센터에 있는 새까만 흑진주는 절대로 못 알아볼 수 없었다.

일본의 90년대 중반을 지배한 여신.

아무로 나미엔.

본능적으로 옆으로 빠져나갔다.

혹시라도 날 알아볼 수 있으니까.

코무라 테츠야는 내가 어디로 갔는지 찾았지만 이내 포기하고 그녀들을 감상하는 데 열중했다.

내 시선은 아무로 나미엔에서 떨어지지 않았다.

젖살이 덜 빠진 그녀는 자우린의 보컬과도 외모가 언뜻 닮아 보였으나 특유의 당돌함으로 스타는 원래 타고나는 것임을 내게 다시 확인시켜 주었다. 물론 정돈되려면 한참 멀었으나 이도 또한 매력이다.

"어디 가셨습니까? 갑자기 사라지셔서 걱정했습니다."

걱정한 것치고는 너무 빠져서 보던데.

"다 봤어요. 멀리서."

"아~ 그렇습니까?"

"괜찮던데요."

"정말입니까? 하하하하, 말이 나와서 하는 말인데 다섯 모두 어려서부터 트레이닝을 거쳐서 그런지 기본기가 아주 탄탄하죠. 당장 무대에 올려도 손색이 없을 겁니다."

나도 안다. 슈퍼 몽키즈가 오키나와 액터즈 스쿨 출신이란 것쯤은.

"유로비트 쪽으로 많이 연구한 모양이에요."

"아무래도 회사가 그쪽으로 방향을 잡고 있으니까요. 유행도 그렇고. ……혹시 다른 모습도 보셨습니까?"

"아깝네요. 저곳에 두는 게."

"예? 아, 그렇습니까?!"

"내가 에이벡스라면 당장에 데려오겠어요."

"페이트 님, 그 말씀, 회사에 가서도 해 주실 수 있으십니까?"

"어렵지 않죠. 몇백만 장이 왔다 갔다 할 텐데요."

"그 정도입니까?!"

"테츠야의 눈이 정확했어요."

"아아…….."

그길로 회사로 달려간 코무라 테츠야는 나를 방패로 두고 에이벡스 사장과 담판을 지었다.

슈퍼 몽키즈를 데려와라. 페이트 님마저 인정한 그룹이다.

그러냐고 쳐다보길래 고개를 한 번 끄덕여 주니 안 그래도 TRF에 세 곡이나 써 줬다는 얘기에 입이 찢어졌던 사장은(이 때 일본에서 페이트는 1백만 장 무사 통과 패스였다.) 단번에 오케이를 내렸고 이틀이 안 돼 슈퍼 몽키즈를 내 앞에다 데려다 놨다.

"꺄악!"

"페이트 님!"

"혼또니?"

"꺄아악!"

한동안 비글처럼 뛰어다니던 슈퍼 몽키즈를 겨우 진정시킨 코무라 테츠야는 이틀 전에도 내가 너희를 봤다는 것을 설명하며 페이트 님에 덕에 우리 회사로 올 수 있었다고 생색냈다.

하지만 그렇다 한들 지금 당장 해 줄 수 있는 건 없었다.

"재능이 훌륭하네요. 당분간 연습하고 있으세요. 그동안 노력한 게 아까워서라도 첫 번째 앨범은 유로비트 쪽으로 잡을 테니까."

"예?"

"곡을 주시겠다잖아. 어서 감사합니다 인사드려야지."

"""""아리가또 고자이마스~.""""

아무로 여신을 이토록 가깝게 보게 되어 반가웠지만, 아쉽게도 헤어질 시간이다.

안부 차 전화한 한국에서 난리가 났다고 한다.

내가 일본에 귀화한다고 했다나 뭐라나.

일본 음악 협회도 나의 귀화를 환영한다고 했다나 뭐라나.

언론이 언제 또 내 거취까지 책임지게 됐는지…… 돌아가지 않고 오래 머물수록 오해는 더 커지게 될 것이다.

코무라 테츠야를 불렀다.

"현재 작업 중인 게 있나요?"

"왜 그러십니까?"

"한국이 시끄럽네요. 들어가 봐야 할 것 같아서요."

"아…… 그렇습니까? 제가 너무 오래 붙잡아 뒀군요."

"아니에요. 저도 즐거웠어요. TRF도 보고 슈퍼 몽키즈도 보고."

"으음……."

무척 아쉬워하나 탁 끊었다.

"그러니까 작업하던 게 있다면 어서 보여 주세요. 도와 드릴게요."

"……."

결국 코무라 테츠야도 내가 돌아가야 한다는 걸 인정했다.

"헌데 제 작업까지 도와주시겠다는 겁니까? 일본에 와서 옳게 쉬시노 못했삻습니까?"

"테츠야는 내가 일본에 온 가장 중요한 목적이잖아요."

"페이트 님."

"다른 건이 있나요? 제가 좀 마음이 급하네요."

"하나 있긴 있습니다."

"뭔가요?"

"올 8월에 개봉을 목표로 OST 작업이 하나 있습니다. 스트리트 파이터 2 무비라고."

바로 떠올랐다. 시노하라 료코(篠原涼子)의 恋しさとせつなさと心強さと(사랑스러움과 안타까움과 믿음직함과).

애니메이션 8억 엔 흥행과 더불어 여성 솔로 최초 더블 밀리언을 기록한 앨범.

이 한 방으로 시노하라 료코는 스타덤에 오르고…… 훗날 2007년 드라마 '파견의 품격'에 나오며 배우로서도 입지를 굳힌다. 파견의 품격은 한국에서 '직장의 신'으로 리메이크된다.

"스트리트 파이터라면 게임 아닌가요?"

"게임 원작으로 애니메이션을 만들고 있습니다. 여기 어디 있는데."

책상에서 뒤적뒤적, 시놉시스를 찾아 내게 보여 준다.

"혹시 이거 작업 하셨어요?"

"하려는 중이죠."

"그럼 이건 어때요?"

앞에서 恋しさとせつなさと心強さと를 연주해 주었다.

"오오, 오오오~."

"테츠야가 가사를 붙여 보실래요?"

"정말입니까? 저와 공동 작업입니까?"

"그럼요."

"감사합니다. 감사합니다. 하하하하하."

그러나 나는 이후에도 돌아가지 못했다.

코무라 테츠야가 이대론 못 돌려보낸다며 바지춤을 잡고 놓아주지 않았기에 이틀을 더 머물러야 했다.

그렇게 에이벡스 차원의 환송을 받으며 한국행 비행기에 올랐다.

김포에 도착, 출국장으로 나서는데.

"어!"

원래 나를 맞으러 오기로 한 사람은 김연이라.

김연 옆에 시커먼 양복들이 대여섯이나 서 있었다.

무척이나 익숙한 장면이다.

김연이 서둘러 자초지종을 말했다.

"청와대에서 총괄님을 뵙고자 합니다."

"저를요?"

"저도 자세히는 듣지 못했는데. 여러 가지 일이 겹친 듯 보였습니다."

"흐음……."

아무튼, 알 얘기가 낳겠시.

우리 두 사람이 어느 정도 얘기가 오간 것처럼 보이자 시커먼 양복이 다가왔다.

"이제 출발하셔야 합니다."

"……."

"……."

"……."

"……."

"……가야겠네요."

"예, 회사엔 얘기해 두겠습니다."

"여기까지 오셨는데 아쉽게 됐어요. 같이 식사도 못 하고."

"뭘요. 이렇게 건강하신 걸 뵀으니 전 됐습니다."

"테츠야가 아주 잘해 줬거든요."

"믿고 있었습니다. 그럼 바쁘신데 저는 따로 가겠습니다."

"고마워요."

김연이 출발하는 걸 보고서야 시커먼 리무진을 타고 슝.

인왕산 정기를 잔뜩 받은 파란 지붕에 들어갔다.

비서실장이 마중 나오고…… 그가 이끄는 대로 들어간 집무실엔 대통령 외 세 명이 더 있었다.

ETRI 원장과 체신부 장관, 선영 그룹 회장.

이건 또 뭐 하는 시추에이션일까?

우선 인사부터 했다.

"안녕하셨습니까. 대통령님."

"오랜만에 만납니다. 그래, 일본에서의 일은 잘 봤나요?"

"그럼요. 여러 사람들의 우려와 걱정 덕분에 무사히 치를 수 있었습니다."

너무 쌌나?

김영산이 난감해한다.

"으음, 우리 앉을까요?"

"예, 감사합니다."

자리에 앉자마자 비서실에서 다과를 앞에다 늘어놓았다.

서로 찻잔 놓고 대화할 사이가 아닌데도 아이스브레이킹 시간을 가지려 한 건지 미국 출장에서 뭘 했냐느니, 일본 출장에서는 무슨 일을 했느냐 같은 질문과 답이 오갔다. 끝말에는 비서실장이 학교 문제는 깔끔하게 해결해 놨다는 얘기도 했다.

'웃겨.'

나도 언론에서 태도 불량이니 무단결석이니 폭력 사건에 관여된 정황이 있느니 어쩌니 징계를 줘야 한다고 떠든다는 건 알았다.

1도 걱정 안 했다.

학교에서 짜증 나게 하면 관둘 생각이었다.

할머니가 자퇴를 반대하면 전학 가면 되고 전교 1등에 서울대 진학이 확실한 학생을 받아 줄 학교는 전국에 널리고 널렸다. 내 거취에 대한 다른 해석이 나온들 신경 쓰지 않을 자신도 있었고.

"글쎄요. 괜한 일을 하신 거 아니에요? 안 그래도 제가 혜택을 받느니 뭐니 난리던데."

"학칙만 확인했을 뿐입니다. 위반이 있는지 말이죠."

"있던가요?"

"사전에 미리 양해를 구하고 승인받은 만큼 문제는 없었습니다."

"그렇군요. 그렇다면 언론에서 나오는 내용은 순전히 저에 대한 음해가 되겠네요."

"……예."

"재밌어요. 요새 많은 것을 보고 느낍니다. 전에는 전혀 생각도 못 한 일인데, 언론에서 제 이민 문제도 다뤄 주고 하는 꼴이 꼭 저더러 한국에서 나가라는 것 같아서 심심찮게 고민 중입니다."

"……!"

"……!"

"……!"

"……!"

"……!"

"처음엔 어이가 없었는데 곰곰이 생각해 보니 딱히 나쁘지도 않더라고요. 어차피 미국 명예시민이잖아요. 정식 시민권 따는 건 일도 아니고 일본도 마침 제가 귀화하길 바라더라고요. 괜히 찾아와 혜택 같은 것도 늘어놓고 말이죠."

"대운 군."

안 되겠는지 김영산이 나섰다.

"예, 대통령님."

"지금 그 말이 정말인가?"

"가짜일 이유가 없잖습니까? 우리나라는 절 부정하고 외국은 자꾸만 오라고 하고. 어느 나라에 살지는 누가 뭐래도 명백하죠."

"허어……."

김영산의 눈길이 즉시 주변인들에 쏟아졌다.

눈길을 받은 사람들 모두가 하나같이 침을 꼴깍 삼킨다.

"모든 걸 되돌려 놓아도 어쩔 수 없는 겐가?"

"되돌려 놓으시려고요?"

"그렇다네. 우리 대한민국에서도 자네는 무척 중요하네. 그 귀함을 모르는 것들이 많은 것뿐일세."

"제 가치를 인정해 주셔서 감사하긴 한데, 어떻게 되돌려 놓으시려고요?"

"지금까지 있었던 일을 전부 지워 주겠네."

"지워 준다고요?"

"그렇다네."

"어떻게요? 제가 기억하잖아요. 제 주변이 기억하고 있고요. 제 이름을 아는 사람들이 다 기억해요. 그건 어쩌실 거고요?"

"으음……."

193

"이 정도면 사실 되돌려 놓는 거로는 성에 안 찰 시점까지 간 거 아닌가요?"

"그렇긴 하네. 그래, 내가 어떻게 해 주면 좋겠나?"

"정말로 제가 한국에 머물길 바라십니까?"

"국가와 민족의 미래를 걱정하는 한 사람으로서 진심이네."

"저에게 너무 과분한 기대를 거시네요."

"자네는 충분히 그럴 자격이 있어. 자네로 인해 한국의 위상이 비할 데 없이 높아졌으니까."

조금 놀랍긴 했다. 김영산이 나를 이렇게까지 잡을 줄이야.

동시에 경계심도 느껴졌다.

이 이상 넘어가면 적이 될 것 같은 불안한 기운.

슬슬 보따리를 풀 때란 건가?

적어도 김영산이 나와 얽힌 건 없으니까.

"저는 이 일과 연관된 사람들의 전원 파멸을 원해요. 이게 최우선 조건인데 괜찮으세요?"

제법 강하게 나갔음에도 김영산은 전혀 흔들림이 없었다.

순간적으로 이미 그러고 있음을 깨달을 만큼.

그래서 얼른 덧붙였다.

"설마…… 경질하거나 파면하거나로 끝내려는 건 아니시죠?"

"그럼 뭘 더 어떻게 해야 하는 겐가?"

"자본주의 사회답게 자본주의적으로 해결을 봐야죠."

"자본주의적 해결책?"

"배상받아야겠습니다."

"배상이라……."

무슨 말인지 바로 알아듣는 김영산이라 예시를 들어 줬다.

"언젠가 언론에서 오필승 소속 가수를 음해한 일이 있었죠. 단 이틀 게재한 거로 꽤 재밌는 일이 벌어졌어요."

"흐음, 그 건은 나도 아네. 아니, 그게 괜찮겠군. 안 그래도 나도 성에 안 찼네."

"제 가치와 결부하면 꽤 많은 자들이 피눈물을 흘릴 겁니다."

"자율에는 응당 책임이 뒤따르겠지. 그렇게 해 주겠네. 소송만 하시게."

100% 받아들인다.

진짜 놀라울 정도.

이 사람이 과연 김영산이 맞나?

"으음, 마음이 조금 풀리네요."

"그래, 이 정도로 끝내세. 더 가 봤자 서로에게 좋을 일이 없어."

"저도 인정합니다. 사실 저도 한국을 떠날 마음은 없었어요."

"나도 그렇게 생각했네. 떠날 사람이었다면 애초 그런 식으로 회사를 운영하지 않았을 테지. 일이 이렇게 돼서 미안하네. 그리고 고맙네."

"아닙니다. 제가 더 죄송합니다. 이렇게 나서실 일이 아닌데."

"아니지. 내가 나서야지. 전부 우리 민족을 위한 일인데."

내 어깨를 토닥이는 김영산이라.

이게 뭔가 싶으면서도 가슴 속 응어리가 사르르 녹는 것이 당황스러웠다.

나도 위로가 필요했던 건가?

강한 척했어도 아팠던 모양이다.

김영산도 내 감정의 동요를 느꼈던지 내 손을 잡아 왔다.

"우린 조금 더 서로에 대해 알아야 할 것 같은데, 시간을 내주겠나?"

"……예, 알겠습니다."

"내 보고서로 자네의 활약을 봤네. 일곱 살부터 전쟁을 치렀다고?"

"환경이 좋지 않았습니다."

"어리다고 무시하는 사람들이 많았을 텐데 용케도 여기까지 왔어."

"제 주변 어른들이 저를 지켜 줬죠. 버릇없다 혼내지도 않으시고 무조건 믿고 따라 주시고 외부에서 나오는 말도 전부 막아 주셨죠."

"그렇겠지. 조용길, 이학주, 도종민, 정은희, 조형만, 홍주명, 김연, 강신오…… 이 사람들이 아주 큰일을 해 줬어. 아주 드문 인재들이야."

"훌륭하신 분들이죠. 제 외모를 보지 않으시고 오직 능력만 봐 주셨으니까요. 아 참, 지천호 교수님도 계시고요."

"맞다. 맞아. 그 양반이 자네를 발굴했다지? 옳게 가야 할 길도 제시하고."

"저에 대해 연구를 많이 하신 분이죠. 5공화국 때 계산기처럼 여기저기 내돌릴 뻔한 걸 결사적으로 막아선 분이시기도 하고요."

"흐음, 그런 일이 있었던가? 하긴 전두한이라면 충분히 그럴 만도 하겠지. 이거 자네도 나 못지않은 파도를 헤쳐 왔구먼."

"격동의 시대를 온몸으로 뚫으신 대통령님께는 한참 부족하지만, 자부심 정도는 가지고 있습니다."

"그래, 어쩐지 나와 비슷한 향기가 느껴졌어. 우리 조금만 더 친해져도 되겠나?"

"영광입니다."

"좋네. 앞으로 내 자네의 말만큼은 한 번 더 생각하지."

"감사합니다."

'이 사람이 도대체 왜 이러지?'라는 질문이 이제는 지겨울 정도였다.

너무 친절한 사람.

예전 첫 만남부터 날 좋아하는 느낌은 받았으나 이렇게나 편애할 줄이야.

곤란한 건.

그 느낌이 진해질수록 부담감이 점점 커져 간다는 것인데……

'이것이 김영산식 낚시인가?'

물속을 자유롭게 돌아다니는 줄 알았거늘 어느새 돌아보니 낚싯바늘에 꿰였거나 양식장 안에 갇힌 신세 같은?

그러나 그렇다고 특별한 케이스는 아니었다.

정치인이든 경제인이든 하다못해 국민학생도 자기 인생에 도움이 된다 싶으면 편 가르기부터 하니까.

이도 편 가르기의 일환이라 생각하면 그리 거북한 일은 아니었다.

'다만 나도 어느 정도 호응해 줘야 한다는 건데.'

이 시점 김영산이 이러는 이유는 아마도 몇 가지가 안 될 것이다.

이민이 거짓 뉴스인 것을 확인한 이상 그가 주목할 건 오직 하나.

이 일의 발단.

더 돌돌 돌리기 전에 본론을 꺼냈다.

"이제 그럼 핵심으로 들어가서 무선 통신 사업에 대해 대화를 나눠 볼까요?"

싱긋 웃었더니.

김영산이 요것 봐라란 눈빛을 보낸다.

"자네, 사람을 편안하게 해 주는 재주도 있군."

"원래대로 되돌리신다는 말씀을 기억했을 뿐입니다."

"그런가?"

멍석이 깔리자 비서실장이 조용히 움직였다. 그 행동이 너무도 자연스러워 일하는 느낌이 들지 않을 만큼 아주 가볍게.

조용한 가운데 파일철이 펼쳐지고 현황 브리핑이 시작되었다. 한국형 무선 통신 사업의 개요부터 결론까지 '대외비'

도장이 콱 찍힌 문서를 내게 주었고 그 실체를 낱낱이 보여 주었다.

이러쿵저러쿵 말은 많았으나 골자는 사업자와 연구자는 준비됐는데 원천 기술이 없다는 것.

여기에서 김영산이 끼어들었다.

"이 일로 원하는 바가 있을 것 같은데…… 아닌가?"

그도 나를 편하게 해 주었다.

"물론입니다."

"무엇이지?"

"그동안 오필승이 고수해 왔던 원칙이 하나 있습니다. 기술력은 제공하되 그 나라 산업에는 끼지 않는다. 하지만 1년도 안 돼 그 원칙이 깨진 곳이 한 곳 있죠."

"나도 아네. 유럽이나 세계 어디 통신업에도 끼지 않던 오필승이 유독 미국에서만 참여했다는 걸 들었어."

"맞습니다. 이유는 단 한 가지입니다. 미국에서 우릴 배제하려 들었기 때문이죠."

그 바람에 공화당이 추락했고 부시마저 재선에 실패했다.

AT&T는 멀쩡한 주식을 헌납해야 했고.

"얼마나 원하는가?"

"15%를 주십시오."

"흐음……."

"아니, 그건 너무 많이 원하는……."

선영 그룹 회장이 반발하였으나 김영산 눈길 한 번에 수그러들었다. 참고로 선영 그룹이 한국 이동 통신을 인수하며 획득한 지분이 겨우 23%.

"근거는?"

나도 솔직하게 나갔다.

"오필승은 AT&T의 주식 10%를 가져왔습니다."

"으음……."

몰랐던지 ETRI 원장과 선영 그룹 회장의 입이 떡 벌어졌다.

놀라는 게 맞다. AT&T 주식은 돈이 있다고 살 수 있는 종류가 아니니까.

오필승의 위상이 일반적인 수준을 아득히 넘어섰다는 걸 이제야 깨달은 얼굴들이라.

"끼어들 여지가 많았어도 놔둔 이유는 각 나라 산업에 대한 존중이었습니다. 하지만 다른 나라도 아닌 제 조국이 뒤통수를 거하게 치더라고요. 그때야 너무 방만하게 움직였음을 깨달았습니다. 아무래도 제어 장치가 있어야겠어요. 저로선 이게 최선입니다."

"그래도 15%는 너무 과합니……."

선영 그룹 회장이 다시 나섰으나 말을 끊어 버렸다.

"제 원래 요구 사항은 선영 그룹의 배제였습니다."

"뭐라?!"

청와대가 아니었으면 한 대 칠 기세로 다가온다.

웃어 줬다.

나랑 몸싸움하려고?

"대통령님의 호의에 이 정도 선에서 물러났다는 얘깁니다."

"고작 딴따라 회사 하나 운영하는 주제에 감히!"

제법 반항을 부리나 뒤이은 김영산의 말에는 기겁하여 움츠러들었다.

"……원하는 게 생각보다 작다 했더니 나 때문에 양보한 거로군."

"대통령님!"

"최 회장은 삐삐에서 멈추고 싶나?"

"예?"

"오필승 없이 무선 통신 사업을 성공시킬 수 있냐는 말이오."

"그건…….."

입을 꾹 다무는 선영 그룹 회장의 어깨에 김영산은 한마디를 더 얹었다.

"내 그간 최 회장이 사업을 어떻게 일구어 왔는지 다 알고 있소."

"……!"

"한 줌도 안 되는 회사가 유공을 먹었어. 자기 덩치의 10배도 넘는 유공을 고작 비디오테이프나 만드는 회사가 먹었다는 거야. 내가 이 때문에 지금도 상당히 고민 중이라오. 내 여기서 당장 유공과 무선 통신 사업 둘 중 하나만 선택하라면 어떻게 할 작정이오?"

"대통령님!"

"말이 나와서 하는 얘긴데. 굳이 내가 나서지 않아도 오필승이 마음만 먹으면 선영 그룹 정도는 얼마든지 합병할 수 있소."

"말도 안 됩……."

부정하려다 상대가 김영산인 걸 깨달은 듯 다시 나를 보며 놀란 눈을 뜨는 선영 그룹 회장이었다.

"함부로 굴 상대가 아니란 말이오. 오필승은. 사람이 자기 위치부터 알아야지."

"……."

"그래서 최 회장은 다른 대안이 있소?"

"……."

말은 하지 않으나 할 말이 많아 보이는 얼굴이었다. 인생 자체가 억울한 것처럼.

그게 거슬렸는지 김영산이 추궁했다.

"뭐요? 또 할 말이 있소?"

"대통령님, 아무리 그래도 너무한 거 아닙니까? 새까맣게 어린 사람 앞에서."

"……새카맣게 어린 사람이라. 그 사람 하나에 나라 신용도가 좌지우지되는 판에…… 내 하나 물어봅시다. 최 회장."

"……."

"최 회장은 뭐든 자기 손으로 일군 게 있소?"

"그게 무슨 말씀이십니까?! 선영 그룹은……."

"죄다 합병해서 빼앗은 게 아니오! 그 돈으로 군인들 먹이고 그 돈으로 마음에 드는 회사 강탈하고!"

"대통령님!"

"왜? 무선 통신 기술도 빼앗으려고 그랬소?!"

"무선 통신 기술이 꼭 오필승에만 있는 건 아닙니다!"

"그게 무슨 말……!! 설마 일본 기술을 말하는 건 아니라 믿겠소."

"아닙니다. 미국에도 비슷한 기술이 하나 있습니다. ETRI 원장도 잘 알고 있습니다."

말싸움 끝에 느닷없이 호명되자 ETRI 원장은 잠시 당황하였으나 금세 신색을 회복했다.

옳게 대답하라는 김영산의 눈길에 입을 열려 한다.

"그건……."

내가 먼저 나섰다.

"설마 퀄컴의 CDMA를 가리키는 건 아니시죠?"

김영산이 이게 무슨 소리냐는 얼굴로 돌아봤다.

ETRI 원장은 내 말에 동의하는지 고개를 끄덕끄덕.

"맞습니다. 퀄컴사에 또 다른 무선 통신 기술이 있습니다."

웃음이 나왔다.

"기가 막히군요. 저 몰래 이런 짓을 벌이고 있었다니 이거 안 되겠군요. 20%로 늘리겠습니다."

갑자기 지분을 늘리자 선영 그룹 회장은 핏대가 선 얼굴로 나를 욕했고 또 ETRI 원장에게 당장 미국에 연락하자고 사업 자체를 뒤집을 것처럼 굴었다. 또 자기들끼리 엎치락뒤치락.

순식간에 소외돼 버리자 김영산의 안색은 더없이 싸늘해졌다.

나도 이때 알았다. 김영산이 이 건에 대해 모른다는 걸.

더 놔뒀다간 모두가 엎어질 판이라…… 저 특유의 성질머리는 사업 자체를 없애버리는 한이 있더라도 자기 속부터 풀어야 할 것이다.

얼른 나섰다.

"제가 먼저 설명해 드려도 되겠습니까?"

"……흐으음, 좋네. 그러게."

"ETRI 원장님께서 교차 검증해 주세요."

"알겠습니다."

"89년인가? 최영천 당시 체신부 장관이 노태운 대통령에게 디지털 이동 통신 시스템 개발을 국책 과제로 추진하겠다고 보고한 일이 있습니다."

"그런 일이 있었다고?"

"결론적으로 말씀드려 실패했죠. 무선 통신 기술이란 게 누구 한 사람이 갑자기 만들라고 나올 리 없는 기술이지 않겠습니까?"

"으음……."

"유럽 표준이던 TDMA 방식을 참조해 우리만의 통신을 개발하려 추진했으나 얼마 안 가 현재 기술력으로는 방법이 없음을 깨닫고 외국 기업과의 공동 개발에서 실마리를 찾기로 방향성을 틀었죠. 모토로라에 제안서를 넣은 것도 이에 일환이고요. 맞나요?"

"맞습니다."

"흐음……."

"이 자리에 모토로라가 없는 걸 보면 우리 제안을 거절한 것이겠죠. 이유야 뻔합니다. 한국과 손잡아서 남길 만한 게 없었으니까요. 그때 또 ETRI는 미국의 퀄컴사에 CDMA란 무선 통신 기술이 있다는 걸 발견하고 1990년 제안을 넣으려 하였죠. 이때 청와대에서 오필승과 협업하라 돌린 겁니다. 복기-1이 이미 유럽 무선 통신 표준이 된 때 다른 나라 회사와 손잡는 건 누가 봐도 모양새가 좋지 않았으니까요."

김영산의 눈이 절로 ETRI 원장에게 향했다.

눈길의 의미는 간단했다.

왜 이걸 외부 사람…… 나 장대운의 입으로 들어야 하냐는 것.

ETRI 원장이 고개를 푹 숙인다.

"더 진행해도 될까요?"

"……그러게."

"하지만 오필승은 그때 기다려 달라고 했죠. 복기-2가 시험 가동 중이라 공동 개발에 들어갈 이유가 없었으니까요."

"……."

"그렇다고 마냥 청와대의 부탁을 무시할 수도 없었죠. 그래서 미국 벨코어 연구소에서 ADSL 기술을 5백만 달러나 주고 사옵니다. 한국형 데이터 통신망을 만들기 위해."

"한국형 데이터 통신망?"

"작년 한국 통신에서 내놓은 초고속 인터넷망과 비교해서 족히 두 단계는 앞선 기술이죠."

"뭐라?!"

"이미 완성된 기술이지만 실생활에 구현하는 건 다른 차원의 일이니 ETRI와 협의해 진행하려 하였죠. 하지만 갑자기 한국 통신에서 태클을 겁니다. 오필승은 기술만 제공하고 빠지라고요. 인프라는 모두 한국 통신이 가지고 있으니 떼 주는 거나 먹고 얌전히 있으라 해서 무산됐죠."

"……."

"그 결과가 데이터 하나 잘못 받았다간 전화세가 수십만 원씩 나오는 기괴한 통신망이 생겨나게 된 거죠. 이번 일도 한국 통신의 사례와 같습니다. 기술자를 놔두고 자기들끼리 다 정해서 통보하는 식이었죠. 마치 다 된 밥을 보듯 말이죠. 어떤 나라에서도 오필승한테 그러지 못하는데. 그래서 그만하자고 한 겁니다."

조용해졌다.

곧 터질 폭탄처럼 모두 김영산을 주시했으나.

김영산은 김영산이었다.

"잠깐, 잠깐만. 그 퀄컴의 CDMA라는 기술은 무엇인가?"

"간단히 풀이해 통신 신호에 고유의 코드를 부여하여 보안성과 안정성을 높인 기술입니다. TDMA보다 확실히 우위에 있죠."

"그런가?"

"예."

"이해가 안 되네."

"무엇 때문이죠?"

"1990년에 ETRI가 그 CDMA인가 하는 기술을 발견했을 정도면 그 이전에 완성된 기술이란 말이 아닌가."

"맞습니다."

"그럼 어째서 유럽은 TDMA 기술을 사용한 건가?"

"그걸 설명해 드리려면 조금 더 깊게 들어가야 하는데 괜찮겠습니까?"

"얼마든지 하게."

"퀄컴은 1985년도에 창립한 회사입니다. 자기들 말로는 그때부터 CDMA 기술을 가지고 있었다는데 신빙성이 떨어지죠. 그렇지 않았다면 1988년까지 옴니트랙스(OmniTRACS)라는 GPS 기반 트럭 화물 운송 추적 시스템만 판매하진 않았을 겁니다. 오필승처럼 유럽이든 미국이든 난리를 피웠겠죠. 그러다 1989년 갑자기 CDMA 기술을 내놓으며 옴니트랙스 기술에서 파생된 거라 했는데 누가 믿겠습니까? 어떤 기술이든 개발 과정에 있어 기록이 남기 마련인데 원천 기술의 출처가 불분명했으니까요. 마치 하늘에서 뚝 떨어진 것처럼요."

"그게 무슨 소린가?"

"CDMA 기술의 개념은 사실 1960년대에 이미 나왔습니다. 미국에서 군용으로 사용하던 기술이었죠. 제 생각엔 아마도 그쪽에서 흘러나온 것이 아닌지 의심스럽습니다."

"퀄컴은 CDMA를 특허로 등록하지 않았나?"

"맞습니다."

"군용으로 쓰던 기술을 특허 등록해도 되는 건가?"

"안 될 건 없겠죠. 기존에 등록이 안 된 기술이나 물건이라면 무엇이든 특허 등록이 가능합니다. 기저귀도 NASA에서 쓰던 것인데 킴벌리클라크 같은 회사가 잘 써먹지 않습니까? TDMA 기반인 복기-1도 마찬가지입니다. 1986년, 유럽 위원회가 GSM용 900MHz 스펙트럼 대역을 예약할 것을 제안한 이래 TDMA 방식은 이미 유럽의 무선 통신 표준이었죠. 그런데도 핀란드 노키아가 특허 등록을 합니다. 우리도 하고요."

"……!"

"참고로 말씀드리면 TDMA도 사실 1979년 웨스트 유니온이 Westar3 통신 위성 통신에서 처음 사용되었습니다."

'이게 뭐지?'란 표정이 나왔다.

이미 있는 기술을 특허로 등록하여 소유권을 주장하는 행태를 도저히 이해하지 못하는 얼굴.

"어렵게 생각하실 필요 없습니다. 특허에 없으니 등록이 가능했고 기반 기술력을 인정받았으니 표준이 되고 상용화에 성공한 겁니다."

"……."

"퀄컴의 CDMA도 같습니다. 퀄컴은 1989년 샌디에이고에서 최초로 CDMA 기술을 이용한 통화 시험에 성공하였죠. 하지만 인정받지 못합니다. 시골에서 실험했으니까요. 도심은 상황이 전혀 다르잖습니까. 실제로 당시 퀄컴은 그만한 기술력이 없었습니다. 기술력이 있었다면 2년이나 걸려 도심 시연에 재도전하지는 않았을 테니까요."

"……."

"절치부심, 그렇게 퀄컴은 1991년 도심 시연 기회를 잡게 됩니다. 하지만 그때는 이미 CDMA보다 두 단계 업그레이드된 복기-2가 시장에 나와 버린 거죠. 끝난 겁니다. 미국에서조차 외면받는 기술이 돼 버린 거죠."

"그러니까…… 미국조차 인정하지 않는 기술을 대안이라고 한 거란 말인가?"

"맥락상 그렇게 보입니다. 윈도우가 깔린 컴퓨터를 두고 왜 도스 컴퓨터로 회귀하겠다는 건지…… 저도 사실 어떤 심산인지 잘 이해가 안 갑니다. 상용화에 대한 기술력과 노하우도 없는 퀄컴과 길바닥에서 처음부터 다시 시작하겠다는 건지 말이죠."

"······."

눈으로 총을 쏠 수 있었다면 ETRI 원장과 선영 그룹 회장은 이미 산목숨이 아니었다.

그래서 돌을 하나 더 던져 줬다.

"사실 퀄컴과 손잡아도 오필승으로서는 하등 손해 볼 것이 없습니다."

"그건 또 무슨 얘긴가?"

"복기-3가 나오면 세계 무선 통신 사업은 전부 바뀔 테니까요."

"복기-3가 나온다고?"

"저 사람들이 무시하고 깔본 기술자가 이렇다는 겁니다. 너무 기가 막히지 않습니까? 기술력이 있나? 그렇다고 돈이 많나? 세계적 명성이 높나? 어딜 봐도 골목대장 수준인 사람들이 현대 무선 통신의 아버지를 대놓고 농락했습니다. 그 낌새를 눈치채고 나간 저까지 매도하고 이민 보내려 했죠. 제가 욱해서 한국 국적을 포기했다면 어떻게 됐을까요? 이 정도면 거의 국가 반역에 준하지 않나요?"

"······!"

"······!"

"······!"

"······!"

며칠이 안 돼 ETRI 원장이 파면당했다.

그 뒤를 정치력이 아닌 기술자 출신 중에서 원장을 뽑았다고 하는데.

내 알 바 아니고.

"아들내미는 잘 단속하려나?"

청와대에서 헤어질 때 잘 부탁한다는 선물 격으로 오지랖도 한 번 떨어 줬다.

아버지한테 이빨이 안 박히니까 아들한테로 해충들의 시선이 쏠렸다고.

아드님은 아버지의 치열함을 겪어 보지 못했지 않냐고.

"잘하겠지."

똑똑똑.

노크와 함께 정은희가 들어왔다. 손님이 왔다.

정장을 멋들어지게 차려입은 인물 다섯 명이 우르르 들어왔는데 하나같이 가죽 서류 가방에 번쩍이는 구두를 신고 있었다.

세 명만이 앉았고 나머지 두 명은 뒤에서 대기.

반대쪽 소파엔 이학주와 도종민, 김연이 당연한 듯 앉았다.

며칠 전, 청와대 회동 이후 가장 처음 한 일이 소송 의뢰였고 오늘은 그 답을 듣는 날.

"어떻게 결심은 서셨습니까?"

"방법이 없었습니다. 단군 이래 최대의 소송일 텐데 우리가 어떻게 이 건에서 빠지겠습니까?"

"상대는 공룡이고 사활을 걸어야 할지도 모릅니다."

"배상 금액의 10%라면 지옥이라도 헤쳐 나가야 할 가치가 있죠. 더는 염려 마십시오. 의뢰를 맡을 준비는 끝냈습니다."

"뭔가 뜨겁게 달아오르는 것 같네요."

"다시 찾아 주셔서 영광일 따름입니다."

예전, 장혜린과 연이 닿았던 법률 사무소였다.

그때 훌륭하게 해 준 것이 기억나 다시 불렀는데 부르고 나서 나도 조금 놀랐다.

김앤박이란다. 훗날 아시아 태평양 지역을 제패할 대형 로펌.

김연이 참…… 의외의 곳에서 한 방이 있다.

"이번 일이 잘 끝난다면 크게 쓰일 날이 또 있을 겁니다."

"저희도 이번 기회에 더욱 커 보려 합니다. 그러기 위해 만반의 준비를 마쳤고요. 믿고 맡겨 주십시오. 가진 모든 걸 동원해서 배상금을 받아 내겠습니다."

"든든하네요. 아! 이게 도움이 될까 모르겠는데 정부 차원에서 지원이 있을 거예요."

"그러십니까?"

눈이 번쩍.

"그러니 마음껏 날뛰어 보시라는 거예요."

"이거 처음부터 질 수가 없는 게임이었군요. 감사합니다. 저희에게 이런 기회를 주셔서. 죽을힘을 다해 성공시키겠습니다."

"믿어요."

다음 날이 되어 아무도 모르게 고소장이 법원에 제출됐다.

고소장에 적힌 배상 금액을 본 접수처는 깜짝 놀랐으나 거부는 없었다. 받아들여졌고 기세가 오른 변호인단은 다른 작업을 위해 뿔뿔이 흩어졌다.

자료는 넘쳐 났고 증인도 넘쳐 났다.

장혜린의 경우 총 500억의 소송이 법원의 중재로 400억에 마무리되었다지만…… 사람을 굳이 숫자로 비교하는 건 좋지 않은 일이긴 해도 장혜린과 나의 차이는 가히 100배라고 해도 무방한 상태.

총 1조 원대의 소송이 걸렸다.

방송국을 포함, 거대 언론사 1,000억, 중소 언론사는 500억.

기자도 예외가 될 순 없다. 퍼다 올리든 자기가 조사했든 사실이 아닌 걸 내걸었다면 인당 30억.

처음엔 쉬쉬했다.

연이틀 조용.

그러나 1조 원에 달하는 소송 건이 조용할 리 없잖나.

몇몇 작은 언론사에서 소식을 포착, 보도하기 시작했고 소송을 맡은 법무법인 김앤박은 대놓고 인터뷰하였다.

-페이트가 한국 언론을 상대로 1조 원대 손해 배상 청구 소송에 들어갔다.

이 소식이 일파만파 퍼져 나갔다.

그제야 발등에 불이 떨어진 언론은 이 일을 1천 년 내 가장 참혹한 사건이라 부르며 나를 미치광이로 호도했다.

오냐오냐. 그럴수록 배상액이 커진다.

김앤박의 반격도 만만찮았다.

책임감 없는 언론의 행태는 그야말로 망국의 지름길이었음을 이번 사례로 알게 되었다며 요소요소를 짚어 댔다.

그 논리가 너무도 확실하자 국민도 더는 언론에 휘둘리지 않고 사태를 지켜보았고 상황이 여의치 않아진 언론은 더욱더 치졸한 수로 나를 괴롭혔다.

집이든 회사든 내가 가는 곳마다 기자를 깔았고 조금이라도 더 자극적인 모습을 포착하고자 열을 올렸다. 무례하게 길을 막아서는 일은 일상, 밥 먹을 때든 화장실 갈 때든 시도 때도 없이 인터뷰 요청을 한다든가. 경호원이 막아서더라도 악의적으로 뿌리치고 몸부림치고 그렇게 찍은 사진을 게재, 내 찡그려진 얼굴을 찍으려 온갖 도발을 다 했다.

그러나 모두 예상한 내의 상황.

이 정도는 각오하고 있어 아무렇지도 않았는데.

문제는 어느새 불길이 할머니들에게로 주변 주민들에게로

번져 나갔다는 것이었다. 그들을 괴롭히고 심지어 회사 사람까지 괴롭히는 지경에 이르자 나는 법원에 100m 접근 금지 신청을 냈고 이를 지키지 않은 기자는 이름을 적어 손해 배상 청구 소송에 포함시키겠다 발표했다. 잘 생각하라고.

조용.

기자란 직업에 일생을 건 사람은 그다지 없었던지 주변을 어지럽히던 날파리들이 일순 사라졌고 좀 쾌적해지나 싶은 순간 이번엔 정치인들이 또 나서서 난리를 폈다.

누구의 사주를 받았는지 내 소송을 언론의 자유를 탄압하는 희대의 막장이라 표현하며 당장 멈추라 규탄했다.

저것들은 또 어디에서 나타난 망둥어들인지.

물론 이도 금방 사라졌다.

갑자기 그들의 비위, 뇌물, 횡령, 폭행 사주 등의 죄목이 나열되며 끌려갔다. 그 장면이 뉴스로 나갔다.

내 쪽으로 돌아선 언론들은 어느새 이 사실을 비교하여 내보냈고 정점은 김영산의 특별 담화였다.

≪이 일과 관련하여 난 참담한 심경을 이루 말할 수가 없습니다. 이는 음모였고 음해였으며 대한민국의 미래를 말살하려는 극악한 시도였습니다. ……고위 공무원, 정치인, 언론이 합작해 한국형 이동 통신 개발을 무산시키려 했고 그 기술을 가진 페이트를 온갖 공작으로 외국에 내치려 한 것입니다. 대

한민국 국적을 포기하도록 말이죠. 이는 명백한 국가와 민족
에 대한 반역이고 나는 그래서 앞으로 이와 관련된 모든 일을
반역으로 간주하고 철저히 밝혀 발본색원할······≫

  핵폭탄이 떨어졌다.

  정국은 순식간에 얼어붙었고 방송국을 포함, 언론사들은
즉시 논조를 바꿔 지난날의 과오를 반성, 사과 방송을 내보내
기 시작했다.

  하지만 소송은 여전히 진행 중.

  그러자 이번엔 기자가 아닌 방송사 사장, 언론사 사장단들
이 나를 찾아와 점잖고 우아한 말을 던졌다. 소송을 취하해
달라고.

  "유감의 말씀을 드립니다. 사실 이 일은 몇몇 악질적인 인
물들이 주도적으로 벌인 일로서 우리 00사와는 상관없고 에
또······ 우리 00사는 오필승과 긴밀하게 협력하고픈 마음뿐
이니만큼 서로 좋게좋게 하는 게 어떠실는지요?"

  "이 일과 관련된 자들은 모두 대기 발령 냈습니다. 다시는 이
런 일이 없을 것을 약속드릴 테니 부디 마음을 푸시고······."

  "우리로서는 다소 억울한 면이 있습니다. 최초 터트린 언론사
는 00인데 우린 퍼다 나른 사실밖에 없지 않습니까? 그러니······."

  "물론 경솔했음을 인정합니다. 본의 아니게 물질적·정신적
으로 피해를 입힌 사실도 인정하고요. 하지만 게재하지 않을

수 없는 상황이었습니다. 우리도 명령받고 움직이는……."

"죄송할 따름입니다. 변명의 여지가 없습니다. 그러니 제발 소송 건을 취하해 주십시오."

어찌 이렇게 예상 답안과 한 치의 어긋남도 없는지.

조금이라도 획기적인 사과법을 사용하는 이가 있다면 소송 금액을 절반으로 낮춰 주고 싶을 정도였다.

그러나 미리 말하지만, 이 일은 이미 내 손을 떠났다.

"아이고, 조금만 더 일찍 오시지 그랬어요. 소송을 걸었을 때만 오셨어도 어떻게 여지가 있었을 텐데 그 시간을 저와 제 주변을 괴롭히는 데 쓰셨네요."

"그러게 말입니다. 저도 협력하고 싶은데 상황이 여의치 않네요. 사칙에 따라 징벌을 받았다는 건 좋은 소식이나 그리 와닿지도 않고요. 제 마음을 이해하시죠?"

"거기도 억울하셨군요. 저도 억울했어요. 어쨌든 발 담그신 건 맞지 않습니까? 제가 발 담가 달라고 등 떠민 것도 아니고요."

"명령받고 움직이셨다고요? 그것참 안타까운 일이네요. 근데 월급은 받으셨나요? 이런! 명령에 따른 대가를 받으셨네요. 그럼 억울하시지도 않겠네요."

민사로 시작된 소송은 국가 반역이란 프레임에 걸리자마자 형사 및 국가 보안법에 관한 건으로 바뀌었다.

이는 내가 소송을 취하한다 한들 멈출 성격이 아니라는 뜻.

나도 취하해 줄 이유가 없고.

TV 생중계로 재판 상황이 송출됐다.

줄줄이 딸려 온 인물들은 대부분 언론인들.

언제부터 이런 음모를 꾸며 왔냐는 검사의 질문에 절대 그런 적 없다며 항변했지만 내가 세계적인 무선 통신 기술을 가졌고 그 기술이 이미 세계적으로 상용화되고 있는지 알았냐는 질문엔 다들 꿀 먹은 벙어리가 됐다. 복기-1이 유럽 표준이 되고 미국 표준이 되고 남미, 아시아에 진출할 때 제일 먼저 떠든 사람이 이들이었으니까.

검사가 화면 앞으로 나서서 이들의 음모대로 페이트가 한국을 떠나게 됐다면 어떤 일이 벌어졌을지 하나하나 풀어 주자 TV를 보던 국민들은 깜짝 놀라 '저런 죽일 놈들!'이란 소리를 내뱉었고 더구나 내가 아직 미성년자이고 일곱 살 때부터 사실상 소년 가장 역할을 해 왔다는 사실이 부각되자 국민은 자기 가슴을 쳤다.

"중간일보의 나우현입니다. 먼저 한 사람의 언론인으로서 심심한 사과를 드리고 싶었습니다. 아무도 만나고 싶지 않으실 텐데도 이렇게 인터뷰 요청에 응해 주셔서 감사드립니다. 참으로 민망하고 말씀 꺼내기 부끄럽지만, 제 사명이 있기에 이렇게 여쭙겠습니다. 이번 불미스러운 일에……."

언론인 중 나우현만 신났다.

국가 반역에 대한 건이다.

일생에 만나기 힘든 특종.

그 건의 핵심 인사를 이렇게도 마음 편하게 오갈 수 있는 건 특혜 중의 특혜 아닐까?

행여나 잘못 걸릴까 싶어 내 주변은 기자의 '기' 자도 그려지지 않을 만큼 조용한 공간임에도…… 그렇잖나? 말 한 번 잘못했다가 고약한 프레임에 걸리는 순간 인생이 좋나는데 누가 나와 만나고 싶을까?

나도 그랬다. 소송이 국가 반역 건으로 전환된 후부터는 누구도 만나 주지 않았다.

나우현만 오가며 내 근황을 알릴 뿐.

얼마나 좋은지 내 앞에서도 실실 쪼갠다.

말뚝 박은 놈들이 죄다 사라지며 윗자리가 텅텅 비었다고. 잘하면 편집인이 될지도 모르겠다고 좋아하는 나우현을 보다 못해 얼른 꺼지라고 말해 줬다.

주변이 이렇게 어수선할 시점, 오랜만에 지군레코드 사장이 찾아왔다.

"여기저기에서 곡소리 나던데. 요즘 어때?"

"저야 늘 한결같죠."

"하여튼 꼴사납게 나댄다 싶더라. 장 총괄이 어떤 인물인데 감히 깝쳐."

"……."

"내 이럴 줄 알았다니까. 요즘 아주 속이 시원해. 음악 방송 PD 놈들도 겸손을 찾고."

"음악 방송 PD가 왜요?"

"몰랐어? 그 쉐끼들 아주 갑질 천국이야. 자기 노래 끝났는데도 방송 끝날 때까지 가수들 복도에 대기시키고 지나갈 때 인사 안 하면 다음 방송에서 잘라 버리는 놈들이야. 술집에 불러내기도 하고 출연 청탁도 받고. 그 지랄을 밥 먹듯 하다가 아주 조용해졌지. 요샌 잘못했다간 소송당하잖냐. 얌전해졌어. 다 장 총괄 덕이야."

"우리한테도 그랬어요?"

"감히 오필승한텐 못 그러지. 김 실장이 그 꼴을 두고 보겠어? 당장에 들이받지. 다른 중소 기획사들 얘기야. 알잖아. 힘없으면 짓밟히는 거. 김 실장도 끝까지 책임 못 질 거면 아예 건들지도 말아야 한다는 걸 아니까 더는 안 나서는 거고."

무슨 얘긴지 대략 알 것 같았다.

김연이 나서는 순간 오필승 대 방송사 대결 구도가 돼 버린다. 그 단꿀은 오필승이 아닌 다른 기획사가 먹을 테고.

어떻게 하든 오필승이 손해.

"아차, 내가 또 삼천포로 샜네. 미국에서 요청이 들어왔어."

"요청이요?"

"요새 미는 애가 있는데 한번 봐줄 수 있느냐고?"

"예?"

무슨 황당한 소리지? 라는 표정을 짓자.

"바쁜 거 아는데. 일전에 왔던 머라이어 캘리 소속사가 부

223

탁했어. 도와 달라고."

"그래요?"

머라이어 캐리 남편이 하는 소속사였다.

소니 뮤직의 자회사이기도 하고.

이런 종류의 부탁은 거절하기 힘들어 받지 않는 편인데.

하지만 곧 마음을 바꿨다. 어차피 시작한 거니까.

"알았어요. 대신 마음에 안 들면 알죠?"

"그건 내가 미리 얘기해 놨지. 거기서도 장 총괄 마음에 안 들면 접는다고 했어."

"최종 확인인 셈이네요."

"그래."

"알았어요. 그럼 그렇게 알고 있을게요."

끝내려 했더니 머뭇대며 안 간다.

"왜요? 다른 일 있어요?"

"그게…… 다음 앨범 계획은 없어?"

무슨 얘긴지 못 알아들었다.

"……?"

"91년도에 내고 94년이야. 벌써 3년째라고. 페이트 앨범."

"……!"

"전혀 생각 안 하고 있었구나."

"아~ 그러네요. 여기저기 음악 감독 노릇 하느라 정작 제 앨범은 등한시했네요."

"네 앨범 안 나오냐는 문의가 작년부터 심해졌어."

"생각해 봐야겠네요. 저도 시간이 이렇게 지났는지 몰랐어요."

"그래, 잘 생각해 봐. 물론 나는 걱정 안 해. 마음만 먹으면 한 달 만에라도 뚝딱 만들잖아."

그렇긴 한데.

그때야 쓸 곡이 넘쳐 날 때고.

"알겠어요. 천천히 생각해 볼게요."

"그래, 그놈은 한국으로 오라고 할게."

"알았어요. 안녕히 가세요."

"어, 그래, 장 총괄도 파이팅하고."

지군레코드 사장은 돌아갔다지만 내가 둘러볼 일은 그것만이 아니었다.

김연이 누군가를 데려왔는데 예전에 나와 만났던 드라마 'M'의 PD였다.

"어!"

"제가 같이 오자고 했습니다, 총괄님."

"안녕하셨습니까? 정말 오랜만에 뵙습니다."

"아, 예."

볼 이유가 없는 사람 같은데······. 김연이 공연히 데려왔을 리는 없을 테고.

얼떨떨하지만 일단 맞아 줬다.

"사실 이 친구가 마음고생이 아주 심했습니다."

"……?"

"기사가 터지고 이틀이 안 돼 회사로 찾아왔었습니다. 총괄님이 미국으로 가시는 바람에 제가 대신 만났는데. 어서 말씀드려."

"예, 김 실장님 말씀대로 기사가 터지고 정말 깜짝 놀랐습니다. 저는 공포물이기에 거절하셨고 다른 작품은 하실 용의가 있다는 보고와 함께 작곡료 현실화에 대한 제 사견을 덧붙였을 뿐입니다. 그런데 일이 이상하게 번졌습니다. 제가 총괄님을 음해할 이유가 없지 않겠습니까? 저에게 다른 드라마 OST를 맡아 주시겠다고까지 약속하신 분에게요."

"……."

그건 두고 보면 알겠지.

"그래서 기사를 쓴 기자를 찾아갔습니다. 이 건을 어떻게 알았냐고 물었죠. 처음엔 말을 안 하길래 술을 진탕 먹였더니 그 입에서 드라마국 국장의 이름이 나왔습니다. 기삿거리를 제공받았다고요. 그 사실을 알자마자 오필승에 찾아왔으나 그때는 안 계셨죠."

이후는 뻔한 스토리이니 생략하고.

PD는 가방에서 인쇄물을 꺼냈다.

"저는 그때나 지금이나 오로지 이 일념밖에 없습니다. 페이트 님이 참여한 한국 드라마를 보고 싶다는 것 말이죠. 이것 좀 보십시오. 제가 방송사마다 돌아다니며 이렇게 준비했습니다. 근데 그놈들이 다 망친 겁니다."

이후에도 여러 가지 알리바이 격 일들이 흘러나왔다.

얼추 사건 전개도 들어맞았다.

눈빛도 진술하고 그 덕에 당시 내가 이 사람에게 어떤 느낌을 받았는지 새록새록 기억났다.

아마도 진실일 확률이 높겠지.

꺼낸 인쇄물을 쳐다봤다.

시놉시스였다.

열 몇 개나 되는.

이걸 전부 MBC에서 하지는 않을 테고 각 방송사를 돌아다닌 게 맞는 모양.

김연을 보았다.

"그 드라마 국장이라는 사람 이름은 올라갔나요?"

"첫 번째 줄에 있습니다."

다시 PD를 보았다.

"믿고 싶은데, 어쨌든 그 일로 시작되었어요. 아시죠?"

"알고 있습니다. 갑자기 1억 원이란 돈 얘기가 나오고 제가 보고한 것과는 완전히 달라졌죠. 당시 쓴 보고서도 들고 왔습니다. 사본이긴 한데 이거라도 보여 드릴까요?"

가방에서 주섬주섬 꺼낸다.

"됐어요. 안 보여 주셔도 돼요."

"아…… 예. 죄송합니다."

"죄송하긴요. 이게 그 드라마들이란 건가요?"

"예, 맞습니다. 이미 캐스팅이 끝난 것들인데 우선 들고 왔습니다."

"그럼 이제 남은 건 제가 약속을 지키느냐겠네요."

"예?!"

PD가 고개를 번쩍 든다.

그러든 말든 시놉시스를 뒤졌다. 어디 쓸 만한 게 있으려나?

옴마야, 이게 있었네.

'사랑을 그대 품 안에'.

반가워서 집다가 예전, 아주 예전에 이 드라마의 시그니처인 오프닝 주제가가 표절이라는 얘기가 나돌았다는 걸 떠올렸다.

띠리라라라 라라라라~로 들리는 허밍 말이다.

시청률 45%나 찍을 드라마지만 표절은 안 된다. 얼른 집어넣고……가 아니잖아. 허밍만 제대로 가져오면 되는 게 아닌가?

"이 드라마는 곡도 다 완료된 건가요?"

"그런 얘기는 들었는데 오시면 전부 바꿀 겁니다."

"쓰일 곡을 들어 볼 수 있나요?"

"그, 그럼요. 당장에 불러오겠습니다. 그래도 되겠습니까?"

"예."

서둘러 어디론가 전화했고 30분이 안 돼 한 사람이 CD를 들고 들어왔다.

간단한 인사와 함께 준비한 OST를 들었다.

역시나 그것이었다.

"이 곡은 누가 작곡한 거죠?"

"저…… 그게 Daniel De Jong이라는 프랑스 사람의 곡인
데 Nabillera입니다."

"다니엘 드 장이요?"

"예."

"나빌레라. 왠지 우리 말 '나비 같다'와 비슷한 말 같네요.
이거 허락은 받은 거죠?"

"예? 예."

대답하는 목소리가 작다.

"무단도용하면 법적 책임이 뒤따를 거예요. 더구나 제가
참여하는 OST면 더더욱요. 제 명예가 달려 있잖아요."

넌지시 드러냈다. 지금 누가 내 명예를 건드려서 1조 원대
소송 중인 걸.

"저 사실은 그게…… 그냥 쓴 겁니다."

"그렇군요."

"죄송합니다."

"어디에서 따온 거죠?"

"홍콩 영화에서입니다."

"홍콩 영화요?"

"1981년 작이었나? 실업생이라는 작품에서 나오는 걸 보고
그만."

이후 드라마 푸른 교실, 우리들의 천국, 베스트 극장 등 이 사람이 하는 작품마다 띠리라라라 라라라라가 흘러나온다.

"그럼 작곡가가 Daniel De Jong이라는 프랑스 사람이라는 건 어떻게 알았죠?"

"오해하지 마시고 들어 주십시오. 저도 혹시나 하고 찾아봤습니다만 1960년대 프랑스 영화 OST라는 것까지만 파악됐습니다. 그래서 프랑스 사람이 아닌가 하고 예측한 거죠. 누가 불렀는지 누가 관계됐는지 도저히 찾을 수가 없었습니다."

"그게 도용을 정당화시킬 순 없겠죠. 그 프랑스 영화 제작사를 찾아서라도 리메이크 권리를 사 오세요. 그럼 같이 작업하겠습니다."

"후우…… 알겠습니다. 최선을 다해 보겠습니다."

나가는 '사랑을 그대 품 안에' PD를 보다 차로 목을 축였다.

맡겨 놨으니 하고 싶으면 프랑스라도 다녀오겠지.

"죄송합니다. 전 이게 도용인 줄 모르고……."

"모를 만도 하죠. 저도 겨우 찾아낸 건데요."

"아, 그렇습니까?"

"……"

슬슬 피곤해졌다.

이만큼 해 줬으면 성의는 보였다 싶어 정리하려는데 시놉시스 중 하나가 내 시선을 사로잡았다.

'느낌'이었다.

이런이런이런…….

"이 드라마도 만나 보고 싶은데요. 괜찮나요?"

"예? 그, 그야 가능합니다."

또 전화해서 달려오길 30분.

오필승이 그나마 여의도에 있었기에 망정이지.

어쨌든 그 PD도 왔고 드라마에 대한 간략 설명과 함께 준비한 곡을 틀었다.

"……."

"……."

"……."

"……!"

어찌 된 일인지 그 노래가 없었다.

7월 방영 예정이면 나왔어야 할 시점인데.

아닌가? 한국 드라마는 쪽대본이 유명하다 했으니 아직 멀었나?

"하나 물어봐도 될까요?"

"예."

"첫 촬영은 언제 시작하죠?"

"그게…… 아직 캐스팅도 덜된 상태라…… 주인공인 손지찬 씨만 확정돼 있습니다."

"……."

7월 방영 예정인데 아직도 캐스팅 중?

"하지만 손지찬 씨가 김민존 씨의 섭외를 거의 끝낸 상태고 하이틴 스타인 김원중 씨도 섭외 중입니다. 그분이 오시면 삼각 편대가 완성됩니다. 다음부터는 일사천리죠."

"……."

내 기억에 이 드라마에서 '모두 잠든 후에'의 김원중은 없었다. 대신 모래시계에 나왔던 이정제가 나온다.

"그럼 이 곡들은 어째서 벌써 나온 거죠?"

"일단 분위기에 맞는 곡을 잡아 놓은 상태일 뿐입니다. 주인공 캐스팅이 확정되면 정식으로 의뢰할 생각입니다."

3만 원, 5만 원에?

확실히 할리우드랑은 시스템이 달랐다.

거긴 1년 전부터 계약하고 난리인데.

'뭐, 이것도 빨리빨리의 일종이려나?'

장단점이 있겠지.

내 고민이 길어지자 PD는 선택에 도움이 될 만한 것을 나열하기 시작했다.

"손지찬, 김민존은 아시다시피 더 블루로 활동한 경력이 있습니다. 김민존은 이미 1집 '너만을 느끼며'로 실력을 증명했고 개인 1집인 '하늘 아래서'도 성공한 친구입니다. 손지찬도 얼마 전에 종영한 농구 드라마 '마지막 승부'에서 존재감을 확고히 했고요. 김원중까지 오면 싫어할 요소가 전혀 없는 드라마가 될 겁니다. 반드시 성공할 겁니다."

아무래도 아직까지 OST '그대와 함께'는 나오지 않은 모양이었다.

아닌가? 김민존의 전성기와 함께한 작곡가 서영준이 만들어 놓고 안 꺼내 놓은 걸 수도 있나?

"좋아요. 주인공 캐스팅이 완료되면 다시 만나죠. 그때까지는 비밀로 하셔야 합니다."

"예?! 아, 예. 물론입니다. 지금 이 일이 새어 나가 봤자 좋지 않을 걸 저도 알고 있습니다. 게다가 이벤트는 갑작스럽게 터져야 효과가 크겠죠."

"이해하셨다니 좋습니다. 그럼 그렇게 알고 있겠습니다. 아 참, 손지찬, 김민존 씨가 확정되면 미팅을 한 번 주선해 주시죠. OST에 대해 의논할 것이 있어서요."

"예, 그렇게 하겠습니다. 정말 감사드립니다."

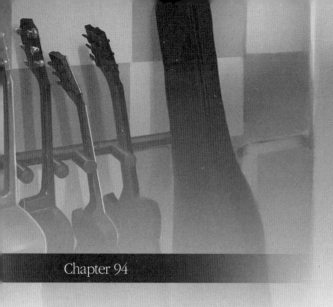

나의 드라마 참여가 이렇게 물밑에서 진행되는 가운데에
서도 세상은 무척이나 시끄러웠다.

누군가는 이 일을 통신 대첩이라고도 부르고 또 누군가는
을사조약을 언급하기도 했다.

서슬 퍼런 5공 시대에도 살아남은 토착 왜구가 준동하여
대한민국의 앞날을 가로막는 거대 음모를 날렸다는 얘기가
우후죽순으로 퍼져 나가며 사회를 달구었다.

그럴수록 타깃이 된 페이트야말로 진정한 애국자이며 놓쳐선
안 될 보물이라는 인식이 커졌다. 여러 근거를 제쳐 놓고라도 첫
번째 타깃이 된 것만으로도 이미 그 가치를 증명해 낸 거라고.

언론들도(소송에 걸린 언론사 제외) 그동안의 나의 행적에 대해 하나하나 다시 살피기 시작했고 얼마 전에 개국한 SBS 에서 다큐멘터리식으로 3일에 걸쳐 3회 연속 방송을 결정하는 일을 벌였다. 위대한 수령님 찬양도 아니고.

여튼 첫 번째 방영은.

1993년 11월, 마스트리히트 조약이 발효되며 푸른색 바탕에 열두 개의 노란색 별이 원을 이루는 깃발을 날리는…… 유럽 연합의 출범과 그 중심에서 단연 돋보이는 J&K를 다뤘다.

브랜드 가치만 수십조 원에 육박한다던 코카콜라의 아성을 무너뜨린 파워스가 어떻게 탄생됐고 또 어떤 위기가 있었는지 비하인드 스토리를 짜임새 있게 내보냈다.

예상외 호응이 일었다. 다큐멘터리 사상 최고의 시청률 25%를 찍었다고.

두 번째는 페이트 명성에 관해서였다.

1집부터 시작된 일본에서의 대성공과 소니 뮤직의 미국 진출로 인해 기회를 잡은 내가 10살 때 대중음악의 최고 시상식인 그래미를 제패한 일이…… 이후 에릭 클랩튼의 Tears In Heaven이 등장한 해만 제외하고 모든 해에 그 이름이 불렸다는 사실이 나왔다.

미국은 민들레 열풍으로 뜨겁고 페이트의 이름은 이미 선지자급으로 추앙받고 있음을…… 현 미국 대통령마저 페이트와의 만남 후 인지도가 급상승, 지금의 자리에 오를 수 있었다는 사실을 다룬 거로 모자라 영화계까지 진출하여 음악상과 주제가상을 휩쓰는 중이라는 것도 콕콕 집어 내보냈다.

뉴스로만 단편적인 소식을 접했던 국민이 나에 대해 자세히 알게 된 계기라.

자신들은 몰랐지만, 외국에서는 한국 대통령보다 훨씬 더 영향력이 큰 인물이라는 걸 그제야 인식했다.

마지막 방송분으로는 한국 오필승에 대해 나왔다.

1983년 7월 조용길의 연습실에서 시작한 작은 음반 회사에서 어떤 일이 벌어졌는지 아주 세세히 나왔다.

이 편은 특이하게 인터뷰로 시작하였다.

대구 경북대학교의 전경이 펼쳐지며 반가운 인물이 나왔다.

지천호 교수.

-글쎄요. 과연 우리가 페이트를 이해할 자격이 있는지 모르겠습니다. IQ 190이라는 수치도 페이트를 담을지 의심스럽고요. 처음 만났을 때가 일곱 살이었죠. 그때 제가 처음 물었습니다. 어째서 이 사실을 숨기고 있었냐고요? 당시에도 페이트는 자신의 능력을 충분히 인식하고 있었고 뛰어남이 주는 위험성에 대해서도 감지한 상태였죠. 그때 그 어린 꼬마가 저에게 이런 말을 했습니다. 부모님이 이혼할 것 같다고. 이후 벌어지는 사태들을 추론하기에 지옥이 펼쳐질 것 같아 그 지옥을 벗어나기 위해 자신을 더 드러낼 필요가 있었다고요…….

허허허허허, 천재요? 우습죠. 수학이나 과학, 미술을 잘하는 수재들은 얼마든지 많습니다. 하지만 페이트는 통찰력입니다. 페이트와 비견될 천재는 인류사를 통틀어서라도 단언컨대 중국의 왕필과 서양의 레오나르도 다빈치밖에 없을…….

처음 만날 때와는 달리 머리가 많이 센 교수님.
내가 자란 만큼 그는 늙었다.
우리 교수님을 위해 해 줄 일이 없나 고민하는 가운데 미국으로 간 조용길이 나왔다.

-말도 마십시오. 대구 그 조그만 사글셋방에서 처음 만났을 때의 충격은 아직도 뒷머리가 얼얼할 정도로 생생합니다. 페이트요? 스스로를 잘 알고 있었고……. 그래요. 제가 페이트를 선택한 게 아니라 페이트가 저를 선택한 게 맞겠네요. 음악적 역량은 말할 것도 없고요. 그러네요. 맞아요. 아주 예전, 제가 국민 영웅으로 떠오른 계기를 아십니까? ……맞아요. 근데 그 사실도 원래는 페이트가 알려 준 거예요. 제가 페이트의 견해라는 걸 밝히겠다 해도 부득불 말렸죠. 파급력 때문이랍니다. 아무것도 없는 일곱 살짜리랑 가수 조용길의 무게감이 같겠냐고요. 이후의 일은 뭐……. 페이트는 오필승의 리더이자 아버지와 같은 존재입니다. 개성 강하고 만만찮은 능력자들이 하나같이 군말 없이 따르는 이유가 뭘까요? 잊지

마세요. 페이트는 일곱 살에 이 모든 걸 시작했어요.

부끄럽게.

그래도 조용길이 행복해 보여서 좋았다.

다음은 호텔 가온의 전경이 펼쳐지며 홍주명이 나왔다.

-말도 마십시오. 당시를 생각하면 가온은 절대로 탄생할
수 없는 호텔이겠죠. 오필승에서 벌어들이는 수익 전부를 이
곳에 투자한 겁니다. 그 돈을 다른 곳에 투자했다면 무슨 일
이 벌어졌을까요? ……그때 우리 총괄님이 뭐라고 하셨는지
아십니까? 자존심 상한다는 겁니다. 우리 땅에 왜 자꾸 외국
형 호텔이 들어서냐면서요. 88 서울 올림픽 때도 자원봉사자
들에게 전부 한복 한 세트씩 돌렸지 않습니까? 보십시오. 결
국 이뤄 냈지 않습니까. 저요? 반포 아파트 상가에서 복덕방
하다 늙어 죽을 놈이 이 자리에까지 와 있습니다. 누구 덕이
겠습니까? 저뿐이겠습니까? 오필승 식구 전부가 우리 총괄님
을 만나 인생이 바뀌었어요. 허허허허허허~~.

호호 할머니 이상으로 푸근한 인상이 된 홍주명의 너털웃
음이 시청자를 놀라게 했고 또 나를 기쁘게 했다.

다음은 김연이었다.

-총괄님은 늘 상생과 다양성을 강조하셨죠. 한국 사업에서는 이윤을 따라가지 않겠다고 확정하셨고요. 물론 처음엔 이해 안 가는 부분이 많았죠. 기업이 이윤을 따라가지 않겠다니. 분명 스타감인데도 가차 없이 배제해 버리시길래 사업을 운영하는 입장에서는 아까운 면이 있었죠. 헌데 그렇게 배제한 인물이 하나같이 전부 사고 쳐서 사회에 물의를 일으킵니다. 기가 막혔죠. 그러고 보니 수와 준의 뇌출혈도 잡아냈네요. 김정주 씨는 암을 조심하라고 하시는데⋯⋯. 어쨌든 총괄님이 서슴없이 끌어올린 이들은 기본이 밀리언셀러가 됐어요. 밀리언셀러라도 문제의 소지가 있으면 일고의 고민도 없이 내보냅니다. 세계적으로 수천만 장을 판매하면서도 한국 음악계가 자생할 수 있게 침범하지 않고 아티스트들의 기운을 살리고 환경을 북돋워 주시고⋯⋯. 저요? 변두리에서 레코드가게나 하던 제가 그래미에도 아카데미에도 가 봤어요. 더 뭘 바라겠습니까? 그저 죽을 때까지 우리 총괄님 곁에 있는 게 제 바람일 뿐입니다.

　말을 하면서도 울컥 올라오는지 눈시울이 붉어진 김연이었다.

　나도 감동이었다.

　나도 끝까지 함께하고픈 사람.

　다음은 정복기가 나왔다.

-저요? 저는 원래 세운상가 구석 3평도 안 되는 골방에서 납
땜질이나 하던 놈입니다. 그러다 우연히 총괄님을 뵙게 되었고
이렇게 현대 무선 통신의 아버지란 과분한 칭호를 얻게 되었죠.
말도 마십시오. 처음 오필승에 발을 디뎠는데 천국도 이런 천국
이 없습니다. 집 없는 사람 집 주고 주 5일 근무에 연휴가 10일
보장, 한 달에 한 번 쁘띠 휴가에 성과급은 또 얼마나…… 이제
는 직계 존속까지 건강 검진도 해 줘요. 당연히 정직원이 되고
싶었죠. 고민하다가 촬영 기술을 활용한 감시 카메라를 만들어
야심 차게 들고 갔더니 대뜸 멀티 플렉싱 기술을 설명해 주시지
않습니까? 그래서 죽을 둥 살 둥 만들어 갔더니 그게 바로 무선
통신의 한 갈래랍니다. 복기-1이 그렇게 탄생했어요. 그렇게 만
든 것이 이제는 세계급 무선 통신 표준이 됐죠. 저요? 아무것도
아니에요. 그냥 시키는 대로 했는데 여기까지 온 거예요. 제 학
력이요? 전문적으로 공부했냐고요? 오필승 테크엔 국민학교도
못 나온 친구도 있어요. 저도 고졸이고요. 아이, 그게 아니라고
요. 우리 총괄님이랑 있으면 다 된다니까요.

인터뷰 도중 화를 내는 정복기에 이어 도종민도 정은희도
이학주도 나를 처음 만나 겪었던 충격을 고스란히 전해 줬다.
돌아봤더니 어느새 인생이 바뀌어 있더라. 시키는 대로 했
더니 어느새 삶이 풍요로워졌더라, 꿈을 이뤘더라.
오필승 타운 설립 계획도 발설(?)하며 언젠가 다 모여 살

거라고 미소 짓는 정은희를 보는데 이런 게 보람이 아닌가 싶을 만큼 가슴 뿌듯해졌다.

"이거 내가 더 감동받네."

국민의 이해를 돕기 위해 제작한 편성이 오히려 나를 안정되게 하고 예민한 정신을 맑게 가라앉혔다.

그러다 문득 미국에 있는 누군가가 떠올랐다.

DG 인베스트의 정홍식.

"이거 또 섭섭하다 할 것 같은데."

방송 내용 중 어디에도 DG 인베스트에 대한 건 없었다.

어떤 면에선 지금까지 나간 내용보다 더 큰 건일 텐데.

설마 몰랐을 리는 없을 테고.

"이 일을 어떻게 달래 주나."

고민할 새도 없이 전화기가 울렸다.

받았더니 멀리 독일이었다.

"아이고, 사장님. 잘 계셨어요?"

[하하하하, 나도 TV 봤어요.]

"그러세요? 부끄럽네요."

[우리 장 총괄에게 그런 일이 있었는지 몰랐네요. 신경 쓰지 못해서 미안합니다.]

"아니에요. 반격을 준비하고 있었고 정부도 좋아라 해서 겸사겸사로 하고 있어요. 저쪽은 이 일로 눈엣가시 같던 인물들을 대거 쳐 낼 계획도 짜고 있더라고요."

[그럴 겁니다. 원래 세상일이 또 겸사겸사 아닙니까?]

"잘 계시나요?"

[J&K 씨티는 훌륭합니다. 독일 정부의 전폭적인 지지 아래 날로 성장세죠. 이번에 탄생한 유럽 연합 때문인지 아주 꿈틀꿈틀 들썩입니다. 아마도 독일이 유럽 연합의 의장국으로 진출할 계획인가 봅니다. 요새 돈을 엄청 쓰더라고요. 그 바람에 따라 J&K도 일부 찬조했습니다.]

95년이 되면 화폐 '유로' 도입도 확정된다.

2020년 2월 기준, 가입국 27개국.

인구 5억의 거대 시장이 이 시기에 형성되니까.

세계 정치, 외교, 안보, 경제, 사회, 환경 현안에서마저 강대한 영향력을 행사하는 공동체가 드디어 모습을 드러내고 있었다.

바람을 타려면 이때가 적기.

"그래요? 좋은 징조네요. 말이 나온 김에 우리도 뭔가 특별한 이벤트를 기획해야겠어요."

[특별한 이벤트요?]

"J&K가 비록 입지전적인 성장세를 보인다 하나 결국 One Piece. 상품이 하나밖에 없는 회사잖아요."

[그렇긴 합니다. 다른 상품을 개발해도 반응이 별로 없었으니까요. 사실상 유명무실이죠.]

"파워스가 비록 시그니처이긴 하나 그것만 믿기에는 다채로움이 떨어지죠. 후발주자들도 이를 노리고 있을 겁니다."

[인정합니다. 90년부터 제품 개발에 들어가고 있으나 아직은 시원찮네요.]

"그래서 그런데. 시장에 미친 걸 하나 더 내놓는 건 어떨까요? 특기를 살려서……."

뭔가 일이 시작될 낌새를 느꼈는지.

강신오가 급히 나를 제지했다.

[잠깐, 잠깐만요. 오늘은 안부차 전화한 겁니다.]

"겸사겸사죠."

[……그렇군요. 겸사겸사.]

"설명할까요?"

[……예, 경청하겠습니다.]

"요는 파워스를 단박에 뛰어넘는 괴물을 풀어놓자는 거예요."

[파워스를 뛰어넘는 괴물이요?]

"타우린 스펙을 최소 5,000mg급으로 올리는 거죠. 다른 건 둘째 치고 인체 활성화와 관련된 비타민 B군의 함량도 하루 권장량의 400% 이상 때려 박는 거죠. 채식주의자들에게 결핍되기 쉬운 비타민 B12도 왕창 넣고요."

[아아…….]

"이름을 몬스터 파워스라고 지어 봤어요. 캐치프레이즈는 Unleash Your Potential!이고요."

[네 안의 잠재력을 깨워라? 몬스터 파워스…….]

"절대 성인용이라고 붙이면 더 좋을 것 같고요."

[절대 성인용! 그렇게 되면…….]

파워스의 주 고객층이 청소년이라는 점을 잊지 말라는 얘기가 나올 것 같아 얼른 내뱉었다.

"원래 하지 말라면 더 하고 싶어지거든요. 청소년들의 워너비가 뭐겠어요? 성인이 되는 거 아니겠어요? 이건 미성년자인 제가 보증할게요. 무조건 팔립니다."

[아~~.]

"금기를 건드는 건 생각보다 짜릿하거든요. 더 폭발적일지 몰라요."

[…….]

"어때요? 이 정도 스펙이면 마시는 순간 성인이라도 눈이 번쩍 떠질 거예요. 코카콜라로 카페인 내성이 생긴 육체라도 말이죠."

[……그렇게 만들어도 되겠……습니까?]

"먹고 죽으라고 만드는 게 아니잖아요. 독일 정부가 딴죽 걸면 앞으로 의장국이 될 독일의 힘을 유럽에 뻗치는 상징으로서 개발했다고 얘기하면 되고 다른 데서 뭐라 그러면 유럽 연합이 하나의 시장을 넘어 세계를 선도하는 공동체로서 나아가길 바라는 마음에서 그 힘을 상징하였다 얘기하면 되죠. 여러모로 이벤트 취지로 잘 들어맞잖아요."

[……그렇긴 하네요. 안 그래도 앞으로 유럽 연합이 걸어갈 길에 관한 내용이 많이 나옵니다. 이벤트성으로 기획하면

잘 먹히겠어요. 바람을 타겠어요.]

"패키지는 제가 만들어 보낼게요. 파워스는 비교도 안 될 강력한 놈으로다 말이죠."

[패키지까지 해 주시려고요?]

"신나잖아요. 파워스가 세계를 제패하는 데 저도 한 손 돕고 싶거든요."

[알겠습니다. 기다리고 있겠…… 아니, 즉시 상품 개발팀과 TF에 들어가겠…… 아니, 아니구나. 이건 바로 만들어야겠네요. 어어! 이거 묻고 따지고 할 계제가 아니잖아요. 그러네요. 바람을 타려면 하루빨리 만드는 게 최선이겠어요. 몬스터 파워스라. 정말 힘이 느껴져요. 호기심이 막 생겨요. 아무리 이벤트성이라 포장해도 마셔 보는 순간 눈이 번쩍 떠지면 무조건 다시 찾게 될 거예요. 패키지부터 빨리 보내 주세요. 전 그동안 생산 라인을 점검하겠습니다.]

드디어 꽂혔나 보다.

생각보다 반응이 느려 뱃살에 살이 쪘나 싶어 살짝 실망하던 차였는데.

"잘 보아주셔서 감사합니다. 얼른 보낼게요."

[예, 기다리고 있겠습니다. 제가 이러고 있을 시간이 없네요. 전화 끊겠습니다. 빨리 움직여야겠습니다.]

"예."

◇ ◆ ◇

청와대.

"저항은 일부 있었지만 대체로 수긍하는 편이었습니다. 대통령님께서 직접 나서셨다는 걸 알자마자 조용해졌습니다."

"내가 나서지 않았으면 걸리적거리는 게 많았다는 소리 같은데, 맞나?"

"부서별 요구 사항이 많아졌을 겁니다. 안 되는 것도 많고 하기 싫은 것도 많고……."

만만디 공무원 사회는 여간해서는 변하지 않는다.

비리 뇌물 공무원을 잡아내며 엄중한 경고를 해도 그랬다. 당시만 반짝하다가 다시 본래 모습으로 돌아갔다.

김영산은 생각했다.

결국 이도 시스템의 문제라고.

시스템을 제대로 돌릴 동력을 장착하지 않으면 백날 때려잡아도 다시 돌아가고 또 해충이 생겨날 것이다.

"알았다. 한국 통신은?"

"당시 일을 주도했던 인물을 찾아냈습니다. 장대운 군 말대로 그 인물이 ISDN 방식을 꺼내 놓고 초고속 통신이라 과장 광고하였습니다."

"ISDN?"

"이도 일반 회선을 사용하는 방식인데 속도가 64kbps까지 나옵니다. 회선을 두 개 합치면 128kbps까지 나오고요. 물론 기존보단 확실히 빠릅니다만 요금도 두 배가 되고 아차 하는 순간 요금이 10만 원대가 훌쩍 넘어갑니다."

"허어……."

"반면 장대운 군이 미국 벨코어 연구소에서 사 온 ADSL은 전화국과의 거리에 따라 속도가 판이하게 차이가 나는 문제가 있고 업로드에 애로 사항이 있다지만 1Mbps급 속도가 나옵니다. 가격도 3만 원 정액제를 지향하고 있고요. 상대가 안 됩니다."

"그걸 알면서도 ISDN인지 뭔지를 썼다?"

"그렇습니다. 한국 통신은 물론 ETRI도 알고 있었습니다."

"지들끼리 뭉갠 거고?"

"예."

집무실이 조용해졌다.

비서실장은 알고 있었다.

지금 김영산이 화내기 일보 직전이라는 걸.

"선영 그룹은 어떻게 하고 있나?"

"제일 반발이 심했으나 대통령님 말씀대로 유공 문제를 걸고넘어지자 수그러들었습니다."

"제까짓 게 어쩔 수 없겠지."

"맞습니다. 선영 그룹은 유공이라는 자금줄이 없이는 이 사업에 뛰어들 여력이 없습니다."

"후우……. 그래서 오필승이 대단하다는 거 아니냐. 딱히 제반 시설 하나 없는데도 현금은 최고 많으니."

"장대운 군의 능력이죠."

"지시대로 확인했나?"

"예, 인수한 한국 이동 통신 지분 22.8%에서 선영 그룹이 7.8%를 내놓았습니다. 그 덕에 겨우 20%를 맞췄습니다."

"대운 군은 뭐라던가?"

"오필승은 딱히 경영에는 관심 없다고 하였습니다. 위협을 당하는 바람에 어쩔 수 없이 나선 것뿐이라고요."

"원론적이로군."

"예."

"그럼 복기-1으로 가는 게 맞지?"

김영산은 이제 끝나나 싶었다.

대규모 소송전이 남았다지만 그건 알아서 할 테고 우리는 우리끼리 유럽 상용화 노하우를 그대로 가져와 한국형으로 개발만 하면 된다 생각했다.

하지만 비서실장이 그 흐름을 끊었다.

"그 문제로 상의드릴 일이 있습니다."

"뭐지?"

"장대운 군이 복기-2를 권유하고 있습니다."

"복기-2?"

"SDMA 방식의 무선 통신 기술입니다."

"으음……."

모르겠다.

낌새를 눈치챈 비서실장이 서둘러 부연 설명하였다.

"통신 보안이 강화된 기술이라 한국형 무선 통신 사업에 적합하다는 의견입니다."

"보안이 강화됐다?"

"저도 처음엔 이게 뭔가 했는데 들어 보니 무조건 복기-2로 가는 게 현명할 것 같았습니다. 제 보기에 복기-1보다 훨씬 더 발전된 기술임이 틀림없습니다."

살짝 흥분하는 비서실장이라. 김영산의 눈썹이 꿈틀댔다.

무슨 일이 벌어지든 좀처럼 자기를 잃지 않는 사람이라 북악산 알바위라고까지 불리는 사람이 들떴다.

그 정도로 대단하다는 건가?

"설명을 해 보게."

"복기-1에 비해 최소 두 가지 큰 장점이 있습니다."

"두 가지나?"

"우선 감청이 불가능하다는 겁니다."

"……!"

"공간 어디든 뻗쳐 나갈 수 있고 그래서 장비만 있다면 얼마든지 캐치할 수 있는 게 전파란 것의 특성인데 SDMA 방식을 채택하면 전화를 거는 사람과 받는 사람 외 누구도 접근할 수 없다고 합니다. TDMA 방식과는 달리 말이죠. 더구나 주파수 영역도 있는 걸 그대로 사용할 수 있어 경제적이라고 하고요."

감청 불가능.

경제적.

"잠깐만. 조금 더 자세히 설명해 주게."

"북한을 예로 들었습니다. 중국을, 일본을 예로 들었습니다. 현재 세계가 운용 중인 TDMA 방식은 장비와 시간만 투자하면 타깃의 통화를 어느 정도 잡아낼 수 있다고 했습니다. 이대로라면 우리 주적이나 잠재적 적들이 정보를 알아내는 건 시간문제라고요."

"……"

"TDMA 방식은 그야말로 보통 사람을 위한 범용이라는 얘기였습니다. 반면, SDMA는 특수한 상황에 있는 이들을 위한 방식인데 굳이 하위 버전을 사용할 이유가 있냐는 것입니다."

"하위 버전……이라고?"

"그게 두 번째 장점입니다. 복기-2는 복기-1의 상위 버전으로 하위 호환이 가능하다는 설명입니다. 즉 SDMA 방식을 채택하면 별다른 조치 없이도 복기-1의 통신망을 이용할 수 있게 된다는 거죠. 둘 다 오필승이 만들었으니까요. 물론 TDMA 방식으로 전환되어 보안 서비스를 받을 수 없게 되지만. 대신 복기-1으로는 복기-2의 통신망을 이용할 수 없다 했습니다. 즉 한국은 어딜 가든 통화가 가능해도 다른 나라는 한국에 들어와 통신망을 이용할 수 없다는 말입니다."

"아……!!!"

김영산은 곧바로 깨달았다.

이것이었다. 기다리던 것.

한국형 무선 통신 사업을 진행하며 바라는 최종점.

세계 최고의 통신망.

이것 하나만으로도 한국은 복기-1을 상용화할 이유가 없었다.

"어떠십니까?"

"하나만…… 하나만 확실히 하게."

"말씀하십시오."

"지금 말한 내용이 전부 사실인지만…… 확인해 주게."

"이미 확인했습니다. 제가 직접 전부."

"……."

업적이 될 것이다.

부패 공무원 때려잡기 같은 답습이 아닌 진짜배기 업적.

명확한 그림이 그려진 김영산은 주저하지 않았다.

곧바로 대국민 브리핑 자리를 마련, 한국형 무선 통신 사업의 골자를 언급했다. 우리 한국이 한 차원 높은 수준의 통신 기술로 세계 무선 통신업을 선도하게 됐다고.

그리고 뒤로는 한국 통신 머저리들을 때려잡았고 새로 부임한 ETRI 원장이 직접 오필승 테크에 찾아와 ADSL 기술과의 협업을 제의하게 만들었다.

바로 호응해 3:7의 컨소시엄을 맺으려 하였더니 청와대가 나서서 한국 통신까지 끼게 한 1:2:7 비율의 새로운 데이터 통신 기업을 하나 설립하게 하였다. 이름도 직관적으로 기가 스피드라고. 물론 오필승 테크가 7, 한국 통신은 인프라와 인력을 제공하면서도 1이다.

무선 통신 사업체 문제도 이런 식으로 끝맺었다.

오필승의 지분 20%보다도 못한 15%의 선영 그룹이 경영을 맡기로 하여 SY 텔레콤을 출범, 역사적인 발대식을 가졌다.

오필승은 대주주의 권한만 발휘하기로 하였고 영끌로 모아 준 지분 20%에 대한 값은 천천히 지불하기로 합의했다. 기반 시설 설비는 ETRI와 SY 텔레콤이 우선 자금을 투입하기로 하고 우리는 돈 나올 구멍이 있으니 한다는 것.

그리고 오늘 서울 고등 법원에서 판결이 떨어졌다.

≪……나라와 민족의 미래를 담보 잡아 획책하는 무리가 아직도 우리 땅에 있다는 것에 통탄하였습니다. 이번 사건은 그 죄질이 극히 좋지 않고 국민적인 공분을 살 만큼 악랄했습니다. 한 사람의 인생뿐만 아니라 나라의 동력마저 끊으려 한 증거가 명확한 바 본 재판부는 이루 말할 수 없는 분노를 느꼈습니다. 부디 다시는 이런 유의 사건이 벌어지지 않길 바라는 마음에서 일벌백계의 심정으로 판결합니다. 피고는 원고의 배상액을 1원 남김없이 수렴한다. 이에……,≫

망치가 땅땅땅 떨어졌다.

변호인단이 벌떡 일어나 즉시 항소하겠다는 뜻을 밝혔으나.

의문이었다.

될까?

항소의 의지를 이을 방송사 사장단과 간부들은 쑥대밭.

신문사도 마찬가지였다. 사장단부터 편집인에 베테랑 기자들까지 작살난 마당에 누가 소송의 의지를 이어 갈까? 그것도 국가 반역인데. 설사 그런 사람이 나오더라도 정부는 아직 움직이지도 않았다. 불법 자금을 수사한다며 국세청이라도 들이닥치면? 기업의 성장에 다른 불법적인 요소가 없는지 국가가 대놓고 조사를 가한다면?

언론이든 언론 할아버지든 무조건 망한다.

산 사람은 살아야 할 것이다.

대부분 항소를 포기했고…… 다만 금액이 크니 분할 납부를 허락해 달라는 의견에 오필승은 통 큰 결단으로 일시불로 지급하는 언론사에 한해서 20% 할인을 내세웠다. 아니면 96년 말까지 전부 내든가.

개인 자격으로 소송에 걸린 이들은 전부 항소했다.

이것도 모이니 1천억 원대라.

10%면 100억 원.

김앤박은 미리 준비해 둔 자료로 더욱 악랄하게 조져 댔다. 기자가 아닌 파렴치한으로, 접대받아 기획 기사나 써 주

256

는 쓰레기로 그들을 몰아댔다.

나?

그리 신경 쓸 만한 금액이 아닌지라 김앤박이 뭘 하든 놔뒀다.

그렇게 한 달이 안 돼 주요 언론사에서 6천억 원이 들어왔다. 그 돈을 고스란히 무선 통신 사업에 넣으며 이 일도 끝.

"이게 제일 먼저 방송에 나왔어야 했는데. 네 주먹이 보통이 아니라는 거."

"뭔 또 헛소리야."

"아무리 생각해 봐도 너무 빨아 댔단 말이지. 완전히 수령님 찬양이었잖아."

한태국이었다.

이 녀석이 또 한 달 전에 종영한 페이트 다큐멘터리를 트집잡는 거다.

처음 몇 번은 져 주고 넘어갔지만, 그 방송이 끝난 지 언제인데 아직도 당할까.

반항했다.

"내 사회적 공헌이 그만큼 크다는 거 아냐. 자식아."

"17 대 1이라는 무쌍의 전설을 이어 가는 나한테도 이기는 놈이잖아. 마음만 먹으면 그놈들 다 때려눕힐 수도 있다는 게 방송에서 빠졌어. 뭐 그것도 이젠 거의 비등비등하지만."

"비등비등? 넌 아직 멀었어, 임마. 타격에 정밀성이 떨어지는데 어딜 나한테 붙이냐? 미사일이 아무리 강한들 뭐 하냐.

정확한 곳에 떨어지질 못하는데."

"웃기시네. 네 무빙을 그만큼이나 따라가는 게 대단한 거지. 나 아니면 누구도 상대 못 하잖아."

맞는 말이긴 했다.

한태국도 크게 성장해 온몸이 노곤해질 정도로 움직이지 않으면 제압이 불가능했다. 거의 매일 붙어 스파링하는지라 실력은 쭉쭉 올라가고 나도 회귀 전 수준을 넘어선 지 오래지만, 피지컬 괴물의 성장 속도는 나보다 더했다.

내 키가 189cm, 이 녀석이 195cm.

우리 두 사람이 지나다니면 어지간히 놀던 놈들도 다 길을 비킬 정도라.

물론 이도 내가 아닌 한태국 때문이다. 전신이 고루 발달된 195cm짜리 괴물은 운동선수 외엔 길거리에서 찾아볼 수 없을 때잖나.

"연주가 이따 보자는데."

이게 용건이었다.

페이트 다큐멘터리로 건든 이유.

같이 가자는 것.

"나 바쁘다."

"왜?"

"한국형 무선 통신 사업 발표 못 들었냐?"

"네가 공구리 치냐? 왜 설레발이야?"

"내가 가서 딱 쳐다보고 있어야 일을 제대로 하니까 그렇지. 우리 식구들 무시하는 놈이 있으면 아주 그냥…… 혼내 줘야지."

"아씨, 연주가 오늘은 꼭 데려오랬는데."

"뭔데?"

"연주 생일."

"아……."

"이번에도 빠지면 곤란해."

"……그러네."

"그럼 가는 거다."

"후우……."

"왜 한숨 쉬는데?"

"한숨 안 나오겠냐?"

"하긴……."

"걔는 어떻게 된 게 날이 갈수록 억세져."

"그러게 누가 마나님 명을 자꾸 어기랬냐? 네가 자초한 일이다."

"어쭈, 이제 완전히 마당쇠가 된 거냐?"

"내 삶의 반은 그대에게 있어요, 나머지도 나의 것은 아니죠~."

"그건 노래 가사잖아."

"몰라. 어디가 끝인지 모르겠는데 나도 끝까지 가 보려고."

한태국의 시선은 제법 먼 곳을 향해 있었다.

그곳에 있는 것이 고통일지도 모르겠으나 그래도 한번 가 보겠다는 녀석의 말이 왜 이렇게 아픈지.

말없이 녀석의 어깨를 잡았다.

날 보고 씨익 웃는다.

"그렇게 불쌍하게 쳐다보지 마라. 나 그렇게 안 슬프다."

"누가 너를 불쌍하게 보겠냐?"

"선물이나 사러 갈까?"

"좋지."

그렇게 그날 밤, 난 또 씁쓸한 녀석의 표정을 봐야 했다. 내가 왔다며 방방 좋아하는 최연주 뒤에서.

기쁠 수가 없는 생일 파티였다.

연주나 연주의 친구들은 아니겠지만.

"예? 결혼한다고요?"

출근했더니 정은희가 대뜸 청첩장을 내놓는다. 우리의 안방마님이.

기분이 아주 묘했다.

분명 축하할 일인데 왜 이렇게 섭섭하지?

뜯어 봤더니 신부 측 이름에 정은주가 적혀 있었다.

정은희의 동생.

신랑은 같은 오필승 차트의 강진명 과장이었다.

안 들키게 안심하며 이게 뭐냐고 쳐다보니 정은희가 씨익 웃는다.

"원래 은주가 직접 드려야 예의에 맞겠지만, 그냥 제가 가져왔어요."

"아…… 예."

"그리고 저 결혼 안 할 거예요."

그러니까 왜 날 보고 그 말을 하며 싱긋 웃는데?

미소가 예쁜 정은희는 또 이런 말을 남겼다.

"전 언제까지 오필승과 함께할 거예요. 제가 있을 곳은 여기 오필승이니까요. 총괄님이 계신."

"……!"

나도 참 나쁜 놈이었다.

그녀의 결혼식이 아닌 것에 안심했고 결혼하지 않는다는 얘기에 귀가 솔깃해졌다. 오필승과 함께, 나와 함께하겠다는 말에는 너무 기뻤다.

"……."

괜한 음미나 하고.

"……."

그러다 함흥목의 호통이 떠올랐다.

그 망할 노인네가 이런 말을 했다.

-참해 보여서. 이 망둥이 같은 놈이라면 근 10년이나 같이

일해도 처녀 늙어 가는 건 생각 안 해 줬을 거 같아서.

속으로나마 반박하려 했으나.

-이놈아, 내가 틀린 말 했어? 스무 살에 들어왔어도 10년이
면 서른이야 이놈아. 이런 참한 처자를 노처녀로 늙어 죽게
할 셈이냐.

정은희 나이가 올해로 서른다섯.
2020년에는 골드미스로서 한창일 나이라지만 지금은
1994년.
'젠장, 노인네가 옳은 말도 하다니.'
하지만.
"……"
나서기도 애매했다.
나선다고 해결될 일이 아니니까.
설사 해결된다고 해도 누굴 이어 줄까?
내 가치관에서 결혼 혹은 짝꿍은 운명이었다. 이걸 보통
임자 만났다고도 하는데.
인력으로는 어떻게 할 수 없는 일이었다.
며칠을 곰곰이 되짚어 봐도 그랬다. 아니, 내가 나서는 순
간 정은희에게 무례를 저지르는 것만은 확실하게 와닿았다.

"……."

은근슬쩍 뭉개고 있었는데.

결혼한다던 정은주가 나를 찾아왔다. 언니가 잠깐 자리를 비운 사이에 왔다면서.

"결혼하신다면서요? 축하드려요."

"감사합니다. 모두 총괄님 덕분입니다."

"하하하, 제가 뭐 한 게 있나요. 모두 두 분의 복이죠."

"아니에요. 저는 진짜 그렇게 생각해요. 총괄님이 아니었으면 아직도 공장 어딘가에 있다든가 어떤 사무실에서 커피나 타고 있었을 거예요."

"그런 말씀 마세요. 세상에 만일은 없어요. 지금 여기에 계시잖아요."

"맞아요. 하지만 가끔씩 뒤돌아볼 때마다 깜짝깜짝 놀라요. 그럴 때마다 감사하고요."

자꾸 허리를 숙이는 폼이 감사만 하다 끝날 것 같아 화제를 돌렸다.

"신혼여행은 어디로 가나요?"

"저기 제주도로 갈 생각이에요."

"하와이로 안 가시고요?"

"예?"

"하와이 말이에요."

"갑자기 하와이를……?"

"하와이 가시라고요. 하와이 좋다잖아요."

이때는 신혼여행지로 하와이가 최고다.

"그게…… 하와이는 좀……."

"비싸요?"

"예."

"에이, 오필승 첫 커플 탄생인데. 제가 가만히 있겠어요?"

"예?"

"하와이로 다녀오세요. 한 보름간. 거기 와이키키 해변에서 시원한 음료도 마시고 서핑도 즐기고 스테이크와 와인도 맛보시고요."

"총괄님……."

"비행기랑 호텔 같은 건 다 준비해 드릴 테니 몸만 다녀오세요. 한 번 하는 결혼식 제대로 다녀와야죠."

"하지만 너무……."

"제 선물이에요. 거절하지 마세요."

"아……."

"이참에 사내 결혼에 대해 적어도 신혼여행만큼 오필승이 책임지는 문화를 만들까 하는데. 어떠세요?"

"그야…… 저는 이걸 어떻게……."

"행복하게 사시면 돼요."

"아아……."

"고맙지 않으세요?"

"예? 아, 예. 감사합니다. 정말 감사합니다. 총괄님."

이 상황에 이런 말을 해도 될는지 모르겠지만.

고개 잔뜩 숙이며 감사를 표하는 정은주가 자랑스럽게 느껴진다면 오버인가?

나는 이 커플도 오필승이 낳았다고 생각했다. 오필승이 낳은 커플이 곧 아이도 낳겠지. 그 아이마저 오필승 식구같이 느껴진다면 너무 질척이는 건가?

아무튼 기분 좋았다.

하지만 감사하며 용무를 끝낸 것 같았던 정은주는 머뭇대며 나가지를 않았다.

망설였다. 느낌상 신혼여행 선물이 부담스러운 건 아닌 것 같고 다른 일이 있는 것?

"혹시 또 할 말이 있나요?"

"저…… 그게……."

있나 보다.

"편하게 말씀하세요."

"그래도…… 되나요?"

"그럼요."

"이게 참, 제 얘기가 아닌지라 옳게 판단하지 못하긴 하겠는데."

"……"

"그래도 속 시원하게 털어놓을게요. 그게 좋을 것 같아서요."

"예."

"사실 언니가 총괄님을 무척 존경해요."

"……?"

"더 깊이 말씀드리면…… 이런 말씀드려도 괜찮을지 모르겠지만. 언니의 남성관에는 오직 총괄님밖에 없는 것 같아요."

"……예?"

"그게, 총괄님을 연인으로 생각한다는 뜻은 아니에요. 모든 기준을 총괄님으로 보다 보니 다른 사람이 눈에 안 들어온다는 얘기예요."

"……."

"사실 다들 쉬쉬하지만 총괄님 곁에 가까울수록 그런 경향이 짙어요. 저조차도 한때 총괄님을 두고 사람을 재 볼 정도로 열렬했거든요. 다소 떨어져 있는 바람에 제정신을 찾긴 했지만."

"……!"

"언니가 얼마 전에 집에다 결혼하지 않겠다고 선언했어요. 다른 핑계를 대긴 했는데 저는 알아요. 언니는 오직 총괄님만 보거든요. 총괄님을 위해서라면 무엇이든 할 거예요."

"……."

"전 그런 언니의 선택을 존중해요. 총괄님은 충분히 그럴 자격이 있으니까요. 부디 언니에게 잘해 주셨으면 좋겠어요."

"음……."

"아! 죄송해요. 제가 너무 주제넘은 말씀을 드렸죠?"

아이고야.

그래서 결론이 어떻다는 건데?

그 말만 남기고 가 버리면 나는 어떻게 하라고?

어느새 나에게 동화되어 나만 바라보게 된 여자가 있다고 한다. 그 여자가 이젠 공개적으로 비혼 선언을 했다는 걸 전한다.

그래서 어떻게 하라고?

'하아…… 왜 이럴까 자매가 쌍으로.'

누군가에게 사랑받는 건 기쁜 일이지만 그것이 인생 전반을 책임질 지경까지 가면 상황이 완전히 달라진다.

이런 식이라면 정은희가 결코 원하지 않는다 하더라도 내가 괜찮지 않다.

정은희를 사랑하지만, 남녀로서는 아니니까.

머리가 아팠다. 잔뜩 엉켜 버린 실타래가 나에게 굴러오는 것 같은 느낌이라.

이래서 남녀 문제는 의식적으로 피해 왔는데.

지척에서 이런 일이 벌어지다니.

고개가 저어진다.

짜증 나는 건 이 말을 들은 이후 의식적인지 정은희의 행동이 눈에 더 잘 들어온다는 것이다. 아무렇지도 않게 항상 같은 자세라도 내 마음이 달라진 건지 그녀가 전부 새롭게 보였다.

묘한 동거인가? 젠장.

"너무 이상해……."

드라마 '사랑을 그대 품 안에' PD가 프랑스에까지 가서 리메이크 권리를 사 왔다. 드라마 '느낌'의 주인공 손지찬과 김민존과 만나 더 블루 현황도 듣고 '그대와 함께'가 무사하다는 걸 확인했다.

두 드라마를 동시 작업하였다.

6월 6일, 첫 방영을 시작한 '사랑은 그대 품안에'가 1화부터 15% 이상의 시청률을 찍더니 여름 방학이 될 즈음엔 대한민국을 완전히 녹여 버렸다. 거리가 온통 Nabillera의 세레나데로 가득 찼다.

그 여세를 몰아 드라마 '느낌'도 곧 첫 방영이었다.

좋은 소식은 다른 곳에서도 있었다.

주시한 보람이 있게 이탈리아에서 엘레나 고비란 여성 보컬이 Lolita란 이름으로 유로비트 곡 TRY ME를 냈다.

그 즉시 A Beat C 레이블에 제안을 보내 리메이크 판권을 샀다.

준비되자마자 일본에서 대기 중인 코무라 테츠야와 슈퍼 몽키즈를 불렀다.

"괜찮은 유로비트 곡이 나와 리메이크 판권을 샀어요. 여러분 드리려고요."

"예? 벌써 준비하셨다는 겁니까?"

슈퍼 몽키즈보다 코무라 테츠야가 더 놀란다.

"드린다고 약속했잖아요."

"그야 그렇긴 한데……."

"슈퍼 몽키즈는 연습 많이 했나요?"

"아……. 이제 아무로 나미엔과 슈퍼 몽키즈로 이름을 바꿨습니다."

"그래요?"

원역사대로 흘러가나 보다.

오키나와 출신 깨발랄 아가씨들이 나를 기대 가득 쳐다보고 있었다.

"일단 들어 볼까요?"

"알겠습니다. 애들아, 너희도 같이 들어라."

""""""""예~~""""""""

"이게 원곡이에요."

Lolita 버전의 TRY ME를 틀었다.

옆도 안 보고 뒤도 안 보고 앞만 보고 달리는 Lolita만의 질
주 감성이 단번에 녹음실을 사로잡았다.

"우와~."

"素敵です(스테키데스)."

"너무 멋져."

"이걸 우리가 부르는 거야?"

다들 마음에 드는 눈치라 아무로 나미엔과 슈퍼 몽키즈 버
전의 TRY ME~私を信じて(나를 믿어)~를 꺼냈다.

"이건 여러분들이 부를 리메이크 버전이에요."

인트로도 없이 바로 풀로 시작하는 Lolita와는 달리 차근차
근 밟아 가는 맛이다.

"이미 완성도가 높은 곡이라 손볼 곳이 거의 없더라고요.
다만 다소 진하게 느껴지는 여성미를 나이에 맞게 덜어 내고
산뜻함을 가미했는데 어때세요?"

"멋집니다. 너희는 어때?"

"훨씬 가벼워요."

"좋아요. 무조건 좋아요. 더 좋아요."

"꺄아악,"

방방 뛴다.

"그럼 이거로 가기로 하죠. 테츠야가 가사를 적어 봐요."

"이것도 저랑 같이하시는 겁니까?"

"저보다 일본어 실력이 뛰어나시잖아요."

"그야……."

"테츠야가 해요."

"아…… 알겠습니다. 감사합니다. 진짜 열심히 만들겠습니다. 아! 이건 계약서입니다."

영어와 일본어로 각 한 부씩 마련된 계약서를 몇 개나 가방에서 꺼내는 코무라 테츠야였다.

"앞서 TRF과 스트리트 파이터2 OST에 주신 곡과 이번 곡의 에이벡스 정식 계약서입니다. 모두 오필승의 기준대로 작성했습니다."

"그런가요?"

읽어 보니 매출의 15%가 작곡료로 적혀 있었다.

기대하지 않았는데.

"크게 마음 쓰셨네요."

"아닙니다. 워너브라더스와 디즈니에게도 통합 10% 계약을 하신 사실을 알고 있습니다. 그들이 지금 5억 달러 이상 매출을 기록 중인 것도 알고 있고요. 그에 비하면 매출 15%는 일상적인 수준입니다."

"워너와 디즈니는 입이 싸네요."

"업계에 소문이 파다합니다. 참여한 두 영화 전부 엄청난 흥행이라 새삼스러울 것도 없고요."

"운이 좋았죠."

"운으로 표현하시는군요."

"운이죠."

"……예."

대화가 질질 끌리는 것 같아 화제를 돌렸다.

"그나저나 테츠야도 슬슬 새롭게 판을 꾸려야지 않겠어요?"

"저요?"

"TMN은 한계가 명확하잖아요."

"그야…… 예, 맞습니다."

"이벤트를 열어 보세요."

"이벤트요?"

"오디션을 개최하는 거죠. 내년쯤."

"내년……에요?"

"좋은 인연이 나타날지 몰라요. 테츠야에게는 전환점이 될
수도 있고요."

"전환점……."

"잘 생각해 보세요. 내년에는 나도 앨범을 낼까 하는데 같
이 잘해 보죠."

"아! 내년에 페이트 9집이 나옵니까?"

자기 일보다 더 기뻐하다.

"너무 쉰 것 같아서요. 다른 일에 치여."

"아아, 너무 기대됩니다. 어서 빨리 듣고 싶습니다."

"아직 컨셉도 안 정했어요."

"저는 무조건 살 겁니다. 페이트 님의 음악은 무조건 사야 합니다."

"하하하하, 알았어요. 알았어. 테츠야를 위해서 더 열심히 작업해야겠네요. 저기 일 얘기는 이쯤하고 한국에 온 김에 맛있는 거 드셔야죠. 다들 배 안 고파요?"

아무로 나미엔과 슈퍼 몽키즈를 보았다.

"배고파요~."

"오나카 스키마시타."

적당히 배를 문질러 준다.

"봐요. 배고프다잖아요. 밥은 먹고 다녀야죠. 가요."

"어딜……요?"

"한국에 왔으니 한국 밥을 먹어야죠."

모두 데리고 단골 한정식집으로 갔다.

한방에 깔리는 수십 가지 음식의 향연이라.

서양식 단품 위주로만 살아왔던 일본인의 문화로서는 가히 충격적이겠으나 다시 말하면 또 그저 음식이었다. 만국 공통의 언어. 금세 적응하고 이것도 맛보고 저것도 맛보고 식탐의 세계에 빠져들었다.

"후아~~."

"이렇게 먹은 건 난생처음이야."

"이게 한국 음식이구나~."

"더 달라면 더 주기도 해. 돈도 안 받아. 어떻게 이럴 수 있지?"

"몰라. 먹어도 먹어도 자꾸 줘. 나 감격했어."

만족했나 보다.

이래야 쏘는 사람도 보람 있지.

이후엔 대충 남대문 구경이나 시켜 주고 선물도 사 주고 감사란 감사는 다 받으며 보냈다. 내년에 싱글 내자고.

그렇게 며칠 쉬나 했더니 이번엔 미국에서 손님이 왔다.

마사토 다케히로와 젊은 남자가 한 명 왔는데 소니 뮤직에서 민다던 그 신인이었다. 잠시 잊고 있었는데 말이다.

"어!"

"왜 그러십니까?"

신인이라고 온 사람이 리키 마튼이었다.

세계에 라틴 음악의 열풍을 일으키는 남자.

푸에르토리코 출신의 미남.

나는 이 남자를 아주 잘 알았다.

"흐음, 저 사람 밝히기 어려운 비밀이 있네요."

"예?"

"저 사람 남자 좋아해요."

"예?"

"남자 좋아한다고요."

"……!"

마사토 다케히로의 눈에 당혹이 들어찼다.

당장에 다가가 조용한 목소리로 몇 번 다그치더니 고개를 절레절레 흔들며 다가왔다.

"아무래도 쟤는 포기해야 할 것 같습니다. 애써 키워 봤자 알려지는 순간 팬들에게 외면당할 거예요. 자유롭다고 해도 미국은 여전히 보수적입니다."

"이렇게 쉽게 포기하는 거예요?"

"방법이 없습니다."

"기회는 줘 볼 수 있잖아요. 어디까지 가는지."

"그 말씀은……!"

"스타성은 있어요. 다만 그 사실이 알려지는 순간 매력이 곤두박질친다는 점이 아쉬울 뿐이죠."

리키 마튼은 남미 특유의 남성미로 어필한다.

여성들이 좋아한다는 것.

그런 마당에 남성 취향이라 해 버리면 어떻게 될까?

"제가 한번 얘기해 볼까요?"

"아…… 그렇게 해 주시렵니까?"

"물어는 봐야죠. 이대로 그만둘 건지."

"알겠습니다."

마사토 다케히로의 허락이 떨어지자마자 리키 마튼에게 다가갔다.

움찔, 수그러든다.

날 만나러 온다고 한창 들떴는데 다 틀어져 버렸으니 얼마
나 기가 찰까.

"딱 까놓고 얘기하죠."

"……?"

"나는 여자를 좋아하기에 죽었다 깨도 당신을 이해할 수
없을 거예요. 인정해요?"

"……."

고개를 끄덕끄덕.

"하지만 그것과는 별개로 가수와 프로듀서로서 관계는 가
질 수 있죠. 이것도 인정해요?"

"……예?"

"당신에게 스타성을 발견했어요. 다만 그 스타성이 보편적
이지 않다는 것뿐이죠. 그래도 기회를 주려 해요."

"……?"

"본인이 선택해야 해요. 비밀로 갈지 아니면 공개하고 활
동할지. 그것도 아니면 여기에서 관두고 집으로 돌아갈지.
나는 어떤 선택도 강요 안 해요."

"……."

대답이 없었다.

없을 만도 했다.

세계적인 스타가 되기 위해 한국까지 왔는데 본의 아니게
성 소수자인 것만 밝혀진 거다. 아마도 스스로가 제일 크게

놀랐을 것이다.

하지만 본래 목적을 잊지 않았는지 그는 내가 내민 손을 잡았다.

"하고 싶습니다. 노래하고 싶습니다. 노래하지 못하면 제 인생은 어차피 없습니다."

"그럴 것 같아요."

말은 안 했지만 보는 것만도 뜨거운 불길이 느껴질 정도다.

두근두근

박동하는 저 심장이, 저 열정이, 저 정열이 어찌 평범한 생활에 만족할까. 이대로 보냈다간 틀림없이 망가질 것이다.

고개를 끄덕인 나는 마사토 다케히로를 봤다.

브리핑하라고.

"1991년에 1집 Ricky Marten을 발매했고요. 그 전에 어릴 적부터 보이밴드 Menudo 활동한 경력이 있습니다. 멕시코 드라마와 다수의 CF에도 출연하였고 1집의 판매고는 나쁘지 않았으나 불공정 계약으로 소속사와 결별했고요."

"불공정 계약이요?"

"앨범 1장 판매에 대한 개런티로 1센트를 지급하겠다는 내용이었습니다."

"허어……."

1달러가 100센트다. 이런 계약이면 1,000만 장 팔아도 10만 달러밖에 못 받는다.

"2집 Me Amarás는 콜롬비아와 계약했습니다. 아시죠? 머라이어 캘리의."

"예."

안 끼는 데가 없는 콜롬비아 레코드.

마사토 다케히로가 예민하게 군다.

"2집은 칠레에서 트리플 플래티넘을 달성하는 등 반응은 좋았습니다. 그걸 기점으로 발을 넓혀 올해 ABC의 데이 타임 소프 오페라 드라마인 General Hospital에 출연합니다. 주부들을 위한 드라마인데 나름대로 얼굴을 알리는 데 성공하죠."

"……."

"하지만 푸에르토리코 특유의 악센트 때문에 방송사에서 발음 교정받는 것을 권유하게 되는데 거절하고 하차하게 됩니다."

발음 교정 때문에 하차라고?

자부심인가?

"고국으로 돌아가 라틴 팝 가수 마크 앤소니와 함께 작업하려는 걸 제가 데려온 겁니다."

"콜롬비아랑은 결별한 건가요?"

"이번에 결별시키려고요."

결별시키려고요?

요것 봐라.

그 말대로라면 지금 한창 잘나가는 가수에게 펌프질한 놈이 다른 이도 아닌 마사토 다케히로로란 말이 된다.

꾸리꾸리한 냄새가 확 올라왔다.

"전화 내용이랑은 좀 다르네요. 미는데 잘 안된다고 했잖아요."

"1집, 2집 소속사 전부 소니 뮤직의 자회사입니다. 제 눈에는 늦게 띄었지만 잘 안된 건 맞죠."

말장난까지.

"다케히로."

"예."

"내가 우스워요?"

"아, 아닙니다."

금세 자세를 바로잡는다.

"소니 뮤직의 가족이라도 소속사는 엄연히 다른 거잖아요. 내 보기엔 ABC 드라마에 하차하자마자 낚아채 온 것 같은데 아닌가요? 내 이름 팔아서."

"그게……"

"똑바로 얘기 안 해요? 당장 당사자에게 물어보면 될 일이에요."

"……맞습니다."

"점점 선을 넘네요."

"죄송합니다. 제가 마음만 급해…… 사실 머라이어 캘리에게 주신 캐롤 곡도 올겨울에나 나오고 다른 곡도 내년에 내라고 하셔서 제 사정이 말이 아닙니다."

"다케히로의 사정이 안 좋으면 내 이름을 막 팔아도 되는 건가요? 이보세요. 이것저것 끌어 쓰다가 더 망하는 법이에요. 제가 앞으로 다케히로랑 일 안 하겠다고 하면 어떡하시려고요?"

"예?!"

"계속 침범해 오고 있잖아요. 말장난으로 사람이나 속이고."

"아아…… 그게…… 죄송합니다. 정말 죄송합니다."

"이게 사과한다고 끝날 일인가요? 저는 다케히로가 이런 사람인 줄 몰랐어요. 아주 실망이에요."

"제발…… 페이트 님."

괘씸했다.

호의로 다가갔더니 덫을 깔았다.

이놈의 계획대로 가는 순간 나는 꼼짝없이 이놈 라인이 되는 것이다.

소니 뮤직은 그때부터 나를 마사토 다케히로의 수족으로 생각하겠지.

아니, 소니 뮤직이 어떻게 생각하는지는 상관없었다. 제까짓 게 감히 날 등에 업으려 한 게 문제지.

그렇지만 그렇다고 마사토 다케히로를 내칠 수는 없을 노릇이었다.

그게 제일 곤란했다.

심정적으로는 짜증도 나고 꺼지라고 내뱉고 싶었지만 어쨌든 페이트의 영광을 함께한 사람이다. 소니 뮤직 내 위상이 많이 줄었다고는 하나 현재도 만만찮은 힘을 가지고 있기도 하고 데려오는 사람도 이렇게 머라이어 캐리, 리키 마튼이잖나.

아직 죽지 않은 것.

내년 페이트 9집을 앞둔 상태에서 굳이 적을 만들 필요는 없었다.

참자.

"마지막 경고예요. 다시 한번 이런 식으로 일을 처리하시면 그때는 끝입니다."

"알겠습니다. 무엇이든, 무조건 밝히고 오겠습니다. 절대로 숨기거나 하지 않겠습니다. 죄송합니다."

"그 말을 믿고 싶은데. 두 번의 실망이 자꾸 껄끄럽게 하네요."

"죄송합니다. 다 저의 불찰입니다. 다시는 이런 일이 없을 겁니다."

"실망은 순간이지만, 신뢰 쌓기는 참으로 더디죠. 애석하게도 다케히로는 신뢰를 너무 빼 쓴 것 같네요. 간과하면 큰일 날 거예요."

"……"

나도 더는 마사토 다케히로를 보지 않고 시선을 돌렸다.

리키 마튼이 앞에 서 있었다.

흰 셔츠에 흰 정장을 입고 풍성한 긴 머리스타일을 자랑하는 젊은 청년은 회귀한 눈으로 봐도 예뻤다. 매력 넘치고.

젊음에서 오는 생기와 끼, 그에 반대되는 얌전한 태도도 또한 호감의 플러스 요인이다. 그 속에 숨긴 듯한 퇴폐미도 사람의 심령을 건들고.

확실히 나는 드러난 섹시함보다는 감춰진 섹시함이 더 취향인 모양이었다. 태도에서 나오는 청순함과 그걸 넘어 화려하게 피어나는 섹시함에 자극받는 걸 보니.

"좋아요. 한번 해 보죠. 리키라고 불러도 되죠?"

"예, 부르십시오."

"3집 준비는 하고 있었나요?"

"아니요. 드라마를 막 하차한 바람에 아직 아무것도 못 했습니다."

"으음."

"죄송합니다. 경황 중에 온 것이라."

"죄송할 것까지요. 그럼 이 곡은 어때요?"

건반에 손을 올렸다.

멕시코 전통 음악 장르인 Mariachi, 집시의 Flamenco, 브라질의 Samba, 콜롬비아의 Cumbia 등을 섞은 곡을 연주해 줬다. 열 번 정도 고치는 작업을 일부러 하며,

피아노 연주라고 보기 힘들 정도의 강렬한 리듬감과 파워

에 또 엄청난 작업 속도에 두 사람이 놀라며 다가왔다.

"우와~."

"페이트 님, 벌써 작업이신가요?"

"예."

"이건 댄스 장르인 것 같은데요."

"맞아요."

"리키는 그동안 로맨틱 발라드를 주로 불렀습니다."

"이쪽 장르가 더 어울려요. 주체할 수 없는 흥으로 매력을 표현하면 팬들이 알아볼 거예요. 물론 로맨틱 발라드도 몇 곡 넣어야죠."

나도 이걸로 확신을 얻었다.

그의 자서전에 따르면 Maria는 작곡가인 Draco Rosa에게 곡의 형식을 제안하면서 뼈대를 잡았다 하였다. 이후 Blake, Porter, Escolar 작곡가가 붙으며 완성했다고.

즉 리키 마틴이 Maria를 모른다는 건 정말 시작도 안 했다는 것이다.

유럽권 싱글 차트에서 10위권 안에 진입, 특히나 프랑스에서는 1997년 연간 차트에서 2위를 차지하고 다이아몬드 인증을 받으며 리키 마틴을 세계에 알린 곡이 기묘한 타이밍에 내 곡이 되어 버렸다.

자신감을 얻은 나는 곧장 'Fuego de Noche, Nieve de Día', 'A Medio Vivir', 'Te Extraño, Te Olvido, Te Amo'를 연

주해 줬다.

입이 떡.

마사토 다케히로는 머라이어 캘리의 전적이 있어서인지 그나마 침착했다.

"끝났어요."

"벌······써요?"

"네 곡이면 앨범의 바탕은 어느 정도 마련한 거 아니에요?"

"그······렇습니다만······. 리키는 어······때?"

"······경이롭습니다. 이런 식으로 곡이 나올 줄은 정말 꿈에도 몰랐습니다."

그래그래, 그런 눈으로 나를 바라봐야 내가 보람차지.

"완성본은 나중에 편곡해서 보내 드릴게요. 가이드는 지금 가지고 가서서 가사를 달아 보세요."

"아아, 예. 알겠습니다."

끝.

두 사람이 가기 전에 나는 이런 말을 남겼다.

"리키는 2000년이 오기 전까지는 봐줄 테니 언제든지 찾아 와요."

"정말입니까?"

"그럼요. 이왕 이렇게 만났으니 꽃을 피워 봐야죠."

"감사합니다. 정말 감사합니다."

"아! 3집 앨범은 내년 중순에 내세요. 완성도를 최대로 높여서요. 무슨 말인지 아시죠?"

"아아~ 그렇게 하겠습니다. 최대한 노력해서 따라잡겠습니다."

"좋아요. 그럼 나중에 봐요."

"감사합니다."

허리를 90도로 숙이는 리키 마튼에서 시선을 돌린 나는 마사토 다케히로에게 보았다.

이 사람한테도 할 말이 있다.

"내년 초에 페이트 9집이 나올 거예요."

"아! 그렇습니까?!"

얼굴이 확 핀다.

"작업 끝나는 대로 보내 드릴 테니 준비하고 계세요."

"감사합니다. 감사합니다."

머라이어 캘리를 데려오는 것보다 리키 마튼을 손봐 주겠다는 것보다 페이트 앨범이 확실히 더 큰지 마사토 다케히로도 허리가 90도가 되었다.

이제 진짜 끝.

그러나 또 쉬지는 못했다. 두 사람이 미국행 비행기에 오르자마자 기다렸다는 듯 김연이 찾아왔다. 조금은 곤란한 표정으로.

"무슨 일 있어요?"

"다른 건 없습니다. 박미견이가 기죽은 것 빼고요."

박미견이 기죽었다고?

"왜요?"

"잊으셨습니까?"

"……?"

"올 4월에 앨범을 하나 냈지 않습니까? 그게 반응이 없습니다. 오필승으로서도 근래 보기 드문 현상이라."

'이유 같지 않은 이유'가 수록된 앨범이었다. 노이즌의 천성인이 써 준 곡.

당황스러운 모양이었다.

요 몇 년간 오필승이 낸 앨범은 015V만 제외하고 시작부터 성공이었으니.

"아아, 그거요?"

"……?"

"꽝 아니에요. 금방 입소문 돌 거예요. 미견이 누나도 곧 폭발적인 성량으로 유명해져서 가창력의 디바로 이름 날릴 거예요. 조금만 더 기다려 보라고 하세요."

"그……렇습니까?"

"발라드가 주요했던 이전과는 너무 달라 어색해서 그래요. 길거리 노점상과 나이트클럽 같은 데서부터 서서히 인기를 얻기 시작할 거예요. 올 하반기와 내년 상반기가 훨씬 기대 되죠."

"아아, 그렇게 보신다면야 한시름 놓겠습니다. 친구들이

다들 성공하는데 자기만 안된다고 울었거든요."

천성인도 노이즌으로 빵 뜨고 김건몬은 올해 방송 3사 대상이 예약돼 있다는 얘기가 돌 정도였다.

상대적으로 속이 쓰릴 만했다.

두 사람 모두 박미견으로 인해 오필승과 손잡았으니 더더욱.

"달래 주세요. 제가 단언했다고 하시고요."

"안 그래도 그럴 작정이었습니다. 이럴 때 총괄님 이름을 팔아야죠. 그럼 저는 그때를 위해 미견이 체력 훈련이나 시키겠습니다."

"좋죠. 그럼 미견이 누나는 그렇게 일단락 짓고요. 김건몬은 어때요? 다음 앨범."

"내년 초를 목표로 달리고 있습니다. 작곡가 김형섭을 책임 프로듀서로 앉힐 생각입니다."

"김건몬 본인이 직접 작곡한 곡은 없대요?"

"있긴 있습니다. 참여 지분을 늘릴까요?"

"그렇게 해요. 욕구 불만이 쌓여 있을 거에요."

"으음, 알겠습니다. 두세 곡 정도면 충분하겠죠."

"저도 한 곡 준비해 봤어요."

"총괄님이요?"

"시간 남을 때 쓴 건데 들어 보실래요?"

"좋죠."

'잘못된 만남'을 틀어 줬다.

"아……."

"어때요?"

"이 곡은 뭔가…… 질주하는 기차 같습니다."

"넣어 주세요."

"알겠습니다. 근데 혼자서 소화할 수 있는 곡인가요? 랩에 노래에 엄청난 힘이 소모될 것 같은데요."

"할 수 있어요."

"알겠습니다. 그리 조치하겠습니다."

오필승의 시계는 평안했다.

각자의 자리에서 최선을 다하기에 흐르는 강물과도 같았다.

세상만사 이대로 순탄하게만 가면 참으로 좋으련만 나라가 또 한 번의 난리로 발칵 뒤집혔다.

7월 9일 김일성이 사망했다는 소식이 전국을 때렸다.

거기까진 뭐 괜찮고 또 그걸 계기로 전군에 특별 경계령 및 국가 안전 보장 회의를 소집한 것까진 다 좋았으나 전남 대학교 학생회관 내에서 김일성 분향소가 설치된 것이 보도되면서 큰 충격을 안겼다.

정부는 즉시 김일성에 대해 '민족 분단 고착과 전쟁을 비롯한 불행한 사건의 책임자'라고 공식 입장을 밝히며 국민을 달래려 했으나 이미 커다란 실망감에 국민은 혀를 차고 말았다

결국 서강대 총장 박홍 신부가 주사파 파동을 일으켰고 그

에 따라 정부도 김일성 분향소 설치 등의 이적 행위 혐의가 있는 140여 명에 대한 일제 검거령을 내렸다.

어째서 이런 일이 일어난 건지 모르겠다.

회귀한 나조차도 도대체 정신머리가 의심스러울 정도의 대사건.

대학생이라고 예쁘다 예쁘다 봐줄 수준을 한참 넘어 버렸다.

자기 권력을 위해 수백만 동포를 죽이고 국토까지 절반으로 잘리게 한 사람을 기리며 분향소를 설치하다니.

이 땅에는 아직 6.25 비극과 그 폐해를 몸소 겪은 사람이 절반이나 됐다. 그들의 분노는 계측이 안 될 만큼 광대하였다.

"다 때려잡아야 해. 그 쉐끼들 전부 다 잡아 죽여야 해."

어지간한 일에는 눈썹도 까딱 안 하던 이학주마저 방방 뛰었다.

"배때기가 부르고 기름 차니까 똥인지 된장인지도 구분 못 해. 이런 쉐끼들은 우리 땅에서 누리고 살게 해선 안 돼. 다 잡아서. 그래, 그 좋아하는 북한으로 보내 버려야 해. 나쁜 놈들. 은혜도 모르는 놈들."

"진정하세요."

"이게 진정이 돼?! 우리 아버지 세대가 그 꼴을 당했어. 내가 직접 망가진 국토를 두 눈으로 보고 자랐어. 감히 누구의 분향소를 설치해!! 나쁜 놈들. 나라를 지키다 죽은 사람들이 아직도 이 땅을 지켜보고 있어!"

"아이고, 고문님. 혈압 오르잖아요. 조심하셔야죠."

안 그래도 요새 이학주가 혈압약을 시작했다.

"나도 알아. 지금 내 입이 거칠다는 걸. 하지만 안 되는 건 안 돼! 벌레 같은 놈들. 어떡하면 좋을까? 잡아도 잡아도 끝이 없어. 도대체 어떻게 해야 뿌리 뽑을 수 있을까."

"뿌리 못 뽑아요."

"뭐라고?"

"이게 민주주의 사회잖아요."

"……!"

"미국에도 공산당이 있어요. 그렇다고 탄압하지는 않죠."

"그건 그 미국 새끼들이 공산당 놈들한테 당해 보지 않아서 그런 거잖아!"

"그렇긴 하죠. 하지만 그래도 이게 민주주의 사회인데 어떡해요. 얼마든지 자기 목소리를 낼 수 있는 나라. 5공 시절에도 북한을 찬양하던 이들이 지금인들 다르겠어요?"

"……."

"아시잖아요. 지금 북한으로 올라가라고 한들 우리 국민 중 몇이나 올라가겠어요? 이제 국민도 알아요. 공산주의가 어떤 건지."

"하지만 열불이 나."

"그럼요. 배은망덕한 놈들이죠. 그 부모가, 그 조부모가 누구한테 총 맞고 죽었는데 함부로 일을 벌일까요. 다 잡아서 무인도나 북한에 보내는 게 맞죠. 하지만 그럼에도 우리는 민주주의 사회잖아요. 응징은 국가의 시스템에서 해야죠."

"맞다. 네 말이 맞아. 내가 또 변호사면서 변호사답지 못했네."

"아니요. 우리 대신 화내 주신 거잖아요. 마치 우리나라를 일본에다 넘기는 수작과 비슷한 일인데요. 당연히 잡아 죽여야죠. 선이 닿는 모든 놈들을요."

여기서 굳이 반공 같은 개념들을 언급하고 싶지 않았다.

당연한 것에 대한 얘기였다.

이 땅에서 살아가는 사람들에 대한 의리와 의무 같은 것.

대가는 처절했다.

김영산은 분노했고 모처럼 잡은 빌미를 쉬이 흘려보내지 않았다.

국민 앞에 나섰고 이렇게 물었다.

-저렇게 애틋하다는데 북한에 보내 줄까요?

열화와 같은 찬성이 터졌다.

대한민국이 주거의 자유를 보장하듯 저들의 자유도 보장하자.

대신 국적은 박탈하겠다.

언뜻 광기마저 느껴지는 분노였다.

그 속에서 비틀린 욕망도 튀어나왔다.

때를 잡은 일부 중·장·노년층들은 제멋대로의 상징인 오렌지족도 북한으로 보내라 하였고 X세대라 불리는 이들도 도매금으로 몰았다. 말세라며, 말세를 이끄는 나쁜 것들은 죄다 북한에 보내 버리라고.

다들 왜 이러시는지…… 그 전 세대가 보기엔 당신들도 별반 다르지 않을 텐데.

그러는 사이 300명이 넘는 전남대 학생이 잡혔다. 시작은 140여 명이었으나 작심하고 캐니 줄줄이 딸려 나온다.

그렇게 우리는 또 판문점을 통해 북으로 이송되는 장면을 봐야 했다. 씨익 웃는 인민군 장교의 모습과 함께.

김영산은 그것도 모자라 다시 일침을 놨다.

-앞으로 북한을 찬양하는 이들은 북한으로 가고 싶은 거로 알겠습니다. 흔쾌히 보내 드리지요.

그의 대북관은 언제나 부정적.

분위기도 옳다구나!

공개적인 자리에서 이런 말도 서슴없이 해 댔다.

-공산주의자는 어렵습니다. 아무리 베풀어도 욕하는 사람들입니다. 내가 게임 중에 쌀 15만 톤을 달라고 해서 5만 톤을 우선 보내고 나머지는 순차적으로 진행할 생각으로 배를

원산으로 보냈는데 거기서 우리 선장이 사진 좀 찍었다고 감옥에 보냈지 뭡니까. 선장이 배에서 사진 좀 찍은 게 무슨 문제가 됩니까. 쌀을 5만 톤이나 받아먹은 주제에. 그래서 쌀을 안 주겠다 했지요. 보십시오. 공산주의자들은 급해서 매달리다가도 금방 변합니다.

집권 기간 내 반공을 내세우거나 강력한 반공 분위기를 만들거나 하지 않았지만, 기조는 늘 일정했다.

-북한 경제난의 근본 원인은 과다한 군비와 공산주의 경제 체제의 비능률에 있습니다. 북한이 동족을 위협하는 군사력 유지에 모든 국력을 쏟아 넣으면서 구호를 바라는 것은 민족에 대한 배신이며 죄악이 아니겠습니까. 북한이 화해와 협력이라는 세계적인 추세를 직시하고 대남 자세를 바꿀 것을 강력히 촉구하는 바입니다.

김영산은 한결같은 사람이었다.

배상에 대한 소송 건은 마무리 단계로 들어섰다.

당사자가 대부분 언론인이라서 그런지 판세를 읽은 능력

이 탁월한 모양이었다.

더 싸우는 대신 감정에 호소하는 쪽을 택했고 내게 잘못했다, 용서해 달라, 배상금을 다 물면 우리 가족은 길에 나앉아야 한다는 말로 설득하려 했다.

나쁘지 않은 선택이다.

울며불며 선처해 달라는 걸 모른 척했다간 내 이미지에도 타격이 있고 해서 '제대로 된 자세를 갖춰 사과하면 절반으로 깎아 줄게'라고 해 줬다.

대국민 기자 회견이 열렸다.

석고대죄하는 모습이 전국에 송출됐다.

저게 다 진심일까?

우선은 다급해서 저런다지만 속마음도 같을까?

진심이든 아니든 상관은 없었다.

필요한 돈은 언론사를 통해 다 받았고 한국형 이동 통신 사업에 투자했다. 애들은 곁가지.

돈 들고 오는 놈들은 전부 합의해 줬다.

물론 이것으로 국가 반역에 대한 심리가 끝났다는 걸 의미하는 건 아니었다. 그것은 그것대로이고 이건 이것대로.

그래도 나와 합의했다는 사실이 판결에 어느 정도 영향을 끼칠 테니 투자 못 할 돈은 아닐 것이다.

어느 정두 정리가 되자 나는 오필승 사유 앞으로 기지들을 불러 세웠다.

이쯤에서 기자 회견 한 번 해 줘야 지난 몇 달간의 소란이 끝났음을 국민도 알게 될 테니. 합의금이란 돈값도 해야 하고.

나우현이 선두에 서 있었다. 다른 기자는 감히 마이크도 가져다 대지도 못하고 뒤에서만 멀뚱.

"지난 시간 상당히 무참한 일을 겪으셨는데 잘 해결됐다는 소식을 들었습니다. 소감을 말씀해 주십시오."

"소감이라…… 글쎄요. 저는 우선 현재의 상태를 '겨우 회복함 또는 회복 중'이라 표현하고 싶습니다. 언론의 자유라는 미명하에 개인의 자유와 기본권을 압살하려 했던 조직적이고 악의적인 사태에서 이제야 겨우 일상을 찾았을 뿐이니까요."

"아아…… 그렇게 판단하십니까?"

"예, 자본주의란 이데올로기 아래 삶이 무너진 노동자들이 대대적인 파업으로 생존권을 지키려 하였듯 또 자본가와 결탁한 공권력이 살려 달라는 노동자들을 경제 발전의 방해 요소라, 불순분자라 하여 방망이로 때려잡고 일방적으로 얻어맞다 보니 울분이 쌓인 노동자들은 더욱 과격해지고 나날이 불타오르는 화염병에 우리 대한민국이 멍들고 헬조선의 길로 들어선 것처럼 말이죠."

"예?"

"……!"

"……!!"

"……!!!"

뜬금없는 소리에 다들 어리둥절.

나우현마저 당황하여 나를 쳐다본다.

"똑같다는 겁니다. 민주주의란 제도를 등에 업은 언론사들이 자기 힘에 취해 저를 마른오징어 짜내듯 쳐 댄 일이라는 말입니다. 국가와 민족을 위해 묵묵히 정진하고 있던 저를 아무 이유도 없이 때렸죠. 단지 본인들 의도대로 따라 주지 않고 거슬린다는 이유만으로요. 그동안 저는 제 잘났다고 설치면 이카로스 꼴이 나지 않을까 은인자중하는 삶을 살았습니다. 최대한 겸손하게…… 그리고 이번에 그 판단이 틀렸다는 걸 몸소 깨닫게 되었죠. 물론 이뿐이면 저도 어느 정도 감안할 수 있습니다."

"다른 뭔가가 또 있다는 겁니까?"

"다들 아시지 않습니까. 지금 검찰 조사에서도 드러나듯 절 때린 일이 저만 맞은 게 아니라 국민도 맞았다는 사실을요. 절 몰아내려 했던 이유가 대한민국의 발전을 방해하기 위해서라니 어처구니가 없더군요. 그렇게 해서 자기들 배만 불리면 천년만년 산답니까? 우리 대한민국에 별꼴이 다 벌어졌습니다."

스크랩한 신문 기사들을 기자들 앞에 펴 줬다.

거기에 지난날 신나서 배포한 기사들이 낱낱이 들어 있었다.

【페이트, 일본행의 저의는?】

【페이트, 학폭 논란?】

【관계자와의 인터뷰. 페이트는 평소 일본을 동경했다.】

【충격! 페이트 일본 이민 계획 중?】

【페이트, 한국 재산 처분에 돌입하다. 일본행? 미국행?】

【대한민국 보물이라 불리던 페이트의 민낯】

【일본 음악계, 페이트를 환영하다.】

【세계 최고의 천재 작곡가가 한국을 외면하다.】

뒤로 넘길수록 가관이라.

꽤 신사적인 것만 모아 놓은 것임에도 울컥 올라왔다.

얼마나 재미있었을까. 21세기를 겪은 나로서도 나도 모르게 들춰 볼 뻔한 어그로성 기사로 나를 농락했으니.

신문 판매가, 뉴스 시청률이 올라갈수록 더 자극적이고 더 아몰랑스러운 말들로 믿거나 말거나 신공을 시전했고 어느새 던져 댄 것을 재생산하기에 이르렀다. 경쟁적으로, 남들이 안 쓰는 혐오적인 단어를 추가해 뿌려 가며 말이다.

그 대가를 받아 낸 것뿐이다.

물론 나도 정권의, 정확하게는 김영산의 도움 없이는 이 정도로 판을 키울 수는 없었다. 그가 도와줬기에 이만한 소송이 걸릴 수 있었고 배상도 그에 걸맞게 받을 수 있었다. 물론 여기에선 밝힐 수는 없는 일이겠지만.

둘러봤다.

그래도 양심은 있는지 고개를 제대로 드는 기자가 없었다.

다른 스크랩을 꺼냈다.

"여기에서부턴 이 와중에도 그나마 정신 차린 기사들입니다."

【한국의 자존심, 한국인의 손에 버려지다.】

【미국이 부러워하고 일본이 질투하며 빼앗고 싶어 하는 작곡가를 우리 손으로 버리는가?】

【세계 최고의 천재가 한국을 떠나려는 이유는?】

【근거 없는 악소문의 연속, 갑자기 이런 일이 페이트에게 벌어지는 이유는?】

【페이트와 만난 모 드라마 PD와의 인터뷰. 그것은 사실이 아니다!】

"군사적 논리로는 절대 자본주의 논리를 이길 수 없다는 걸 소련의 붕괴로 입증됐습니다. 하지만 오늘 전 제아무리 강대한 자본주의 논리라도 자존심의 논리를 이길 수 없다는 걸 증명해 냈습니다. 이에 다시 말씀드립니다. 친애하는 방송사, 언론사 놈들은 귀 열고 잘 들으세요. 이번 한 번은 불쌍해서 넘어가 드리지만, 다시 자존심을 건들거나 이적 행위를 하시면 그때 누구 하나 이 대한민국을 떠나야 할지도 모릅니다 그걸 잘 염두에 두시고 활동하세요. 부디!"

속은 시원하다.

하고 싶은 말은 다 한 것 같아 끝내려 했더니 나우현이 마지막 질문이라고 답해 달라고 했다.

"그렇다면 이런 일이 어째서 벌어졌다고 보십니까?"

단순한 문장이지만 그저 단순함으로 묻어 버리기엔 너무나 아까운 심오함이 깃들어 있었다. 얽혀 찐득찐득해져 버린 하수도 엑기스 같은.

"좋은 질문이시군요. 저는 이 일을 한마디로 정의할 수 있을 것 같습니다."

"한마디로요?"

"예."

"무엇입니까?"

"열등감의 발로."

열등감은 굶주림이다.

부모도 모르는 근본 없는 놈이라는 매도가, 돈만 아는 수전노라는 매도가, 국가와 민족을 배신하고 이민행을 택했다는 매도가 너무도 쉽게 입 밖으로 튀어나오는 이유는 하나밖에 없었다.

분노.

자기가 가지지 못한 것에 대한 분노.

비유는 쉬웠다.

"대머리 아저씨가 풍성한 모발모발맨을 보면 괜히 기분이

상합니다. 땅딸보 아저씨는 옆에 선 185를 보면 이상하게 자리를 피하고 싶습니다. 북한이 잘사는 남한을 보면 왠지 억울합니다. 처음부터 여러모로 위치가 달랐다면 이런 어이없는 일은 벌어지지 않았을 것입니다. 모든 조건이 같으면서 아니, 제 환경이 더 안 좋았음에도 오히려 모든 면에서 앞서 나가는 저를 보는 그들은 불편했을 겁니다. 물론 대부분은 그걸 표현하지 않고 살지만 웃긴 건 그래서 더 켜켜이 쌓이는 게 열등감이라는 놈이 아니겠습니까."

죽어라. 죽어라. 네가 죽으면 내 기분이 편해질 것 같아.

이런 식으로 나를 잡으려고?

웃기지 마. 나는 죽지 않아. 너희 기분 따위를 위해 절대로 죽어 줄 수 없다. 개자식들아.

"보셨다시피 증거는 중요하지 않았습니다. 그냥 화를 낸 겁니다. 화가 나서 미쳐 돌아간 겁니다. 그걸 이용한 세력이 있을 테고요. 즉 이 사건은 언론이 순기능을 잃고 폭주하게 되면 어떤 일이 벌어지는지 여실히 보여 준 사례가 되겠죠."

말을 하면서도 살짝 오버인 건 나도 알았다.

예시가 적절하지 않은 것도 물론.

하지만 내 입장에서는 이런 식으로 말해야 했고 이런 식으로 매도해야 할 당위성이 있었다. 지금은 언론이 무조건 나쁜 놈이어야 할 때니까.

아니, 이 정도면 언론도 눈치채지 않았을까?

내가 이 바닥의 미친놈이란 걸.

'뭐, 그게 아니더라도 미친놈 언저리까진 되겠지.'

〈12권 끝〉